이 책은 아무래도 당신에게 도움이 된다

이 책은 아무래도 당신에게 도움이 된다

발행일 2021년 7월 9일

지은이 이아도
펴낸이 손형국
펴낸곳 (주)북랩
편집인 선일영
디자인 이현수, 한수희, 김윤주, 허지혜
마케팅 김회란, 박진관
편집 정두철, 윤성아, 배진용, 김현아, 박준
제작 박기성, 황동현, 구성우, 권태련
출판등록 2004. 12. 1(제2012-000051호)
주소 서울특별시 금천구 가산디지털 1로 168, 우림라이온스밸리 B동 B113~114호, C동 B101호
홈페이지 www.book.co.kr
전화번호 (02)2026-5777
팩스 (02)2026-5747

ISBN 979-11-6539-874-3 03810 (종이책) 979-11-6539-875-0 05810 (전자책)

/ 이아도 두 번째 인문 에세이 /

이 책은 아무래도 당신에게 도움이 된다

깨우치지 못하면 우리는 없다!

세상에 없는 것은 내 안에 있다!

북랩book Lab

1 = 0

1 = 0이란 말이 무엇인가.

혼자되면 0이다. 혼자는 없다.

목차

이아도 두 번째 인문 에세이
이 책은 아무래도 당신에게 도움이 된다

이아도 두 번째
인문 에세이

들어가기에 앞서

이아도 첫 번째 인문 에세이 『이 책은 당신에게 아무 도움이 되지 않는다』를 훑어서라도 읽었다면, 어느 정도의 윤곽이 있을 것을 전제로 글을 씁니다. 따라서 **모든 내용이 사실이 아닙니다.**

이번 두 번째 책을 먼저 읽는 게 더 이해가 쉬울 듯도 합니다.

첫 번째 책을 쓰면서 필자는 '나'를 꾸미지 않고, '나'를 강제로 뽑아내어, 잠시간 식음이 불가하여 글을 쓸 수도 읽을 수도 없는 상태를 오래 겪었기에, '나'를 다시 일으킬 시간이 필요하여 편집과 수정을 거의 못 해 이해가 어려운 내용이 많은 것을 보충해 봅니다. 아직 회복을 제대로 못 하여 실수를 많이 합니다. 두 번째 책을 쓰면서 저는 다시 혼돈에 들어갑니다. 글을 쓰는 자체가 내가 되려 하는 것이라 죄의식에 몸을 맡깁니다.

1
사랑은 없다.

첫 번째 책, 『이 책은 당신에게 아무 도움이 되지 않는다』 전체 내용의 핵심은 '사랑은 없음'이고 사랑의 실체를 글로 표현할 방법도, 인식할 수단도 세상에 존재하지 않음을 보이려 했다. 하지만 역시나 감당할 수 없는 이야기는 기억에서 순간 삭제시키기에 글을 읽어도 머리에 들어오지 않을 것이다.

그래서 보충적인 내용을 곁들인다. 결과적으로 똑같은 얘기 또 한다. 알고 보면 답답한 놈이 필자다.

숫자에 대한 내용을 우선 쓴다.

숫자는 절대 그냥 존재하지 않는다. 숫자에 지배된 현실에서 세계는 숫자의 명령을 받고 현실은 숫자 그대로 나온다. 지나가다 보는 자동차 번호판, 전화번호, 우편번호, 집 주소 등이 다 이유가 있음이다. 나쁜 숫자는 없다. 사랑의 속박이 강력하게 채워지면 특정 숫자가 불길해지되 행운도 크고, 사랑의 속박이 약하면 모든 숫자가 큰 힘을 발휘하지 못한다.

'사랑' 하나가 세계 전체를 우선적으로 지배한다.

0 = 없음. 서클. 순환. 원망. 소망. 희망. 세계의 순환.

1 = 남자. 업무. 업보. 자'신'. 방황. 있음(있었음 = 가상). 사실화.

2 = 여자. 수용. 용. 닭. 뱀. **당'신'**. 여유. 거짓. 환상. 있음(실존 = 실상). 현실화.

3 = 자식. 자유. 속박. 갈고리. 속임수. 개방. 나체. **3은 모든 숫자를 창조함. 그래서 봉쇄함.**

4 = 사랑. 네 방향. 사차원. 사기. 사람. 사망. 사장. 사실. 죽음. 생동감. 운명. 세계의 근원.

5 = 천사. 거만함. 용기. 자만. 탐욕. 쾌락, 살인마. 악인.

6 = 악마. 죄인. 억울. 자살. 게으름. 나태, 선인, 현자.

7 = 있었지만 지금 없음. 가능성. 꿈. 지금 이 순간의 현실. 선택권. 자유의지.

8 = 무한대. 혼돈. 순환의 고리. 태초의 사슬. 세계의 방향.

9 = 없는 것에 한없이 가까움. 절망. 소멸. 혁명. 리셋. **없었지만 있어짐.**

10 = 1 → 0으로 가는 세계의 타아.

11 = 1 → 1 로. 즉 아무 일 없음. (나 없음 일 없음. 나 없이 일 없다.)

12 = 1 → 2 로. 남자가 여자에게로. 삶의 완성.

13 = 1 → 3 로. 자녀의 탄생. 새로운 시작. 새 생명.

14 = 1 → 4 로. 자녀의 사춘기. 자녀가 사랑의 속박을 완성 당하는 시기.

부모(세계)가 자녀를 결국 속여버린 숫자. 속일 의도가 없음에도.

15 ~ 17 = 1 → 5, 6, 7 로. 자녀의 방황. 자아의 방황.

18 = 성인. 즉 자녀가 혼돈 속에 속박됨. 풀 수 없음. 풀어낼 수 있음.

19 = 내가 한없이 없음에 가까움.

20 = 너도 없음.

30 = 우리는 없음. 자유는 없음.

40 = 사랑은 없음.

50 = 천사는 없음.

60 = 죄는 없음.

70 = 가능성 없음.

80 = 세계는 없음.

90 = 구원은 없음.

100 = 나는 있음. 없음은 없음. 너는 없음. 그래서 나도 없음.

고통에 잠식되는 필멸의 사슬을 풀어낼 수 있기를 바라는 마음으로 첫 번째 책을 썼지만,

첫 번째 책은 역시나 1(업보, 방황) 자체이기에 2(여유)권을 통해 **'거짓'을 보완해본다.**

남자는 1

여자는 2

자식은 3

세계는 4 (3세계 + 1나)

1이 신격의 힘. 신 = 1

남자는 여유가 없다. 태어나자마자 신격이 소모되는 세계의 타아에 먹혀 가니까.

남자는 이유가 없다. 그래서 변명을 만들어야 한다.

2는 신격의 여유. = 여자는 여유가 있다.

자신의 1을 지킨 채로 2에서 1로 가려 한다.

여자는 이유가 있다. 그래서 남자의 변명을 들어주려 한다.

3은 신격의 이상 = 2의 여유치를 갖고 자유를 행사하는 권능을 갖는 것이 자식.

자식은 이유도 있고 여유도 있고 신력도 있고 자유도 있고 권능도 있다.

지금 세상에 '자식'이 아닌 자 단 한 명이라도 있는가. 없다.

즉 모두가 이유도, 여유도, 신력도, 자유도, 권능도 있다. 이것이 자아의 본질.

작금의 세상이 억지로 구별을 짖는다.

그래서 타아. 타아에 먹히는 것. 모두가 이유도, 여유도, 신력도, 자유도, 권능도 없다.

이것이 세계의 타아.

세계는 4. 즉 세계의 힘이 4다. 그래서 3의 권능으로 4를 이길 방법이 없다.

혼자서 세계를 이길 방법이 없다. 세계는 무적이다. 혼자 별짓을 다 해도 세계에 먹힌다. 그래서 방법이 없고 당신이 있다.

4의 본질은 4차원, 네 방향. 동서남북. (사랑). 세계 자체가 4로 이루어진다.

4각형이 원이다. 서클이다. 4각형 자체가 내각의 합이 360도다. 원이 360도다.

그래서 (사랑)으로 위장한다. 사랑 자체가 혼돈의 씨앗. 혼돈 그 자체를 말한다.

사랑이 없음을 말해봤자 도무지 말이 통하지 않는다.

'세상이 사랑으로 창조됐다.' 따위로 온갖 영성방송과 정신, 마음의 서적들이 정신이 나가서 외쳐댄다. 사랑이 어쩌구, 사랑이 저쩌구. 내가 난이도를 어렵게 선택했다느니 내가 그랬다느니 내가 뭘 어쩌구 했다느니, 내가 그랬단다. 결국 모든 말의 종착지는 '내가 있다.'

내가 없고 당신이 있다. 서로가 서로에게. 혼자 하는 게 아니고.

'당신이 있다.' 했는데 상대가 '내가 있다.'로 받아치면 쌍욕을 날려도 된다는 것. 그 자식은 없어야 비로소 지가 없음을 알고 너가 있음을 알게 되니 그

따위 놈은 제끼는 것. 피하는 것.

세상은 그냥 있다. 그냥 있는 것은 창조될 방법이 없다. 그래서 창조된 **척**하는 것.

척하는 것. 결국 척하지 않으면서도 그저 있는 것을 보고 느낄 유일한 단 하나.

당신이 있다.

4를 억지로 이기려니 5가 되어야 함을 발견한다. 그래서 5가 천사다. 5가 되어 4를 압도하려 하니까. 하필 세상에 사랑이 있다 한다. 그러니 이기려니 내 사랑을 내가 죽여야 한다. 살인마가 된다. 그러고 나니 내 사랑(신 = 1)을 먹어치우니 5 + 1 되어 나는 6이 된다. 죄인, 악마가 된다.

그래서 6이 악마다. 죄인이다. 6이 되니 꿇어앉아 고개를 들지 못한다. 고개 들지 못해 땅을 쳐다본다. 그러다 무너져 간다. 무너지려다 나를 무릎 꿇고 일으켜주는 이(2)가 있다. 서로 일어나서 그를 보니 올곧게 편 1이다. 어라. 내 사랑 그대로 있군요. 당신이 있네요. 나 그대 죽인 줄 알았는데 당신 있는 그대로 있군요. 감사합니다. 사랑합니다. 나 이제 우뚝 설 수 있어요.

이제 나는 1이다. 1이 되고 보니 그대가 날 보고 당당히 고개 숙여 인사한다. 그대의 모습이 마치 7과 같군요. 둘은 기꺼이 결합한다. 1이 7과 결합하니 8이다. 사랑으로 이루어진 혼돈의 세상은 결국 4 → 8이 된다.

이제 와 보니 세계(4)는 사랑(없음)을 취해 8(무한대 ⇒ 혼돈)로 변한다.

도대체가 방법이 없다. 8을 이길 방법은 도저히 없다. 천사도 악마도 안 되고 내가 되어 7해봤자 8에게 이길 방법이 없다. 그러니 기다린다.

무엇을

9원을. 구원을 기다리는 것. 세상 전체가 미쳐 돌아가는 이유.

구원은 없다. 8을 이길 유일한 방법. 혼돈을 있는 그대로 수용하는 것.

내가 스스로 8이 되려 한다. 내가 8이 될 방법은 없다. 8이 되는 순간 혼돈에 먹혀 죽는다. 정신이 날아간다. 그러니 나는 8이 되는 **척**한다. 척하는 것. 척하면서 힘을 빌린다. 그것이 지지자. 지지자에게 나의 광기를 선보인다. 이것이 어떠한가. 나 제법 8처럼 보이지 않는가.

지지자가 말한다.

당신이 옳다.

나도 말한다. 당신이 옳다. 서로가 서로에게.

지지력. 신력. 그대가 나에게 1을 덧씌우니 드디어 **우리가** 합치면 **9가**

된다.

나는 구원자가 안 된다. 너도 구원자가 안 된다. 우리가 된다. 세계를 넘으려면 세계를 우리가 가둔다. 억지로 하면 아무것도 안 된다. 그러니 방법이 없다. 원래 방법이 없다. 정신의 힘이니 마음의 힘이니 그따위 것 없다고. 애초부터 그런 거 없다. 왜냐하면 우리가 사랑이 있다고 믿고 선악과를 이미 먹어버렸으니까. 태초부터 좆됐다. 엔드 게임. 게임 오버돼서 출발하는 죽음(사랑) 자체와 함께 가는 게임. 그래서.

방법이 없고.

당신이 있다.

세상을 있는 그대로 보는 것. 옛날 속임수 '사랑' 그거 이미 들켰으니 그거 하면 답이 없다는 것. 답 없는 짓 또 하지 않는 것. 사기꾼. 사랑을 미끼로 남의 기를 빼앗는 놈. 그따위 것 하지 않는 것.

어떤 숫자를 동원해도 '부모'는 없다.

없는 것은 없다.(0 = 0)

즉 0 = 0 이 있다. 그래서 '부부' = 00은 있다.

부부는 있어도, 부모는 존재가 없다. 애미 애비 원래 없다. 그래서 모두가 실로 '독생자'다.

'저런 애미 애비도 없는 자식을 봤나'라는 말을 들으면 예수님 등장하신 거다.

부부는 각자 성립 / 불성립을 가능케 하지만, 부모 - 자식 관계는 실제로 자식 - 부모 관계다.

자식이 있어야 부모가 성립된다. 이 말은 **자식이 부모를 탄생시킴이다.** 부모가 자식을 낳지 않는다. 자식이 실로 부모를 낳는다. 조상이 원래부터 자식이다. 우리는 정신체다. 즉 정신을 낳는 것이 실 존재의 흐름이다. 자식의 '존재'가 부모의 정신을 창조한다. 오직 '존재'만이 정신을 낳고 정신을 낳은 순간에 육신을 낳는다. 자신은 존재이되 부모는 존재력이 없다.

따라서 부모가 자신에게 당신일 때만 존재가 된다. 헌데 세상 전체가 그것을 봉쇄한다. 부모에게 면전에서 서로가 가책 없이 당신이라 할(대등관계) 방법이 없다. 호칭, 예절, 윤리, 도덕, 관념, 법, 규범을 '사랑의 속박'으로 묶어놓았다.

예수는 알아버렸다. 마리아가 나의 어미이자, 나의 딸이자, 나의 아내임을. 그리고 스스로 독생자이고 모두가 실로 그러함을 깨달았다. 오직 하나의 진실. 너가 있음을. 따라서 나는 없음을.

부처는 알아버렸다. 나 혼자밖에 없음을. 세계에 아무도 없고 오직 하나의 진실. 나만 있음을.

둘 다 같은 말이되 방향성이 다르다. 내가 너가 되는 것과. 너가 나에게 오든가 말든가.

예수 + 부처를 섞어야만 너가 있어 내가 있다.

마리아는 알아버렸다. 둘을 조합할 방법이 없음을. 그저 바라보는 것 이외에 아무 방법도 없음을.

'나 없어야 있어지는 진실한 사랑' + '사랑은 애초부터 없음'을 결합해야 하는데 방법이 없다.

(사랑은 있었지만 지금 없다. 있었지만 없어졌다. 따라서 없었지만 있어져야 한다.)

이 개념(개념이란 건 원래 없지만, 일단 있는 척하자. 글로 표현해야 하니까.)을 이해하지 못하면 사랑의 속박을 풀어낼 방법이 없다. (속박의 사슬을 끊어내면 실제 죽기에 풀어내야 한다.)

부부와 자녀는 있다. 0 = 0일 때. 1 = 1로 자동치환.

그래서 부부가 결합하면 1의 자신이 나온다.

'부부와 자신' 이것이 삶을 시작하게 하는 실존재의 등장이다.

헌데.

'부모와 자식'이 되는 순간.

부 = 0, 모(뭐) = ?, 0 = ? 가 되고

자(자신)식(먹음)이 되어.

부모가 자식을 갈취한다. 이렇게 정해져 있다. 자식은 저항한다. 부모는 자식을 먹어 치우려 하고 자식은 그래서 부모를 죽이려 한다. 이것이 현재 세계의 실체다. 효도의 실체다.

효 = '요'가 가면을 썼다. '요'를 시계방향으로 돌리면 1 = 0이다. 사살 명령이다. 여기에 가면(뚜껑)을 씌워서 속인다. 스스로를.

단어 하나하나에 모든 것이 숨겨져 있다. 숫자 하나하나에 모든 것이 담겨져 있다.

감정을 최대치로 버릴 때. = 분노를 최대치로 올릴 때.(동시성의 불가능)

그때 세계의 실체가 있는 그대로 보인다.

자식의 '1신격'이 아직 살아있을 때, 즉 자식이 14살이 되기 전에, 부모(세계)가 '사랑의 속박'을 자식에게 미리 채우면 자식은 자'신'의 신격을 동원해 신(자식은 3. 즉 여유치가 2 이상 있다.)의 힘으로 자신과 부모를 파멸의 길로 인도한다. 이것이 복수다. (복수 = 2 이상의 수. 리벤지.)아비의 배에 복수가 찬다. 하나의 증표다. 카인의 낙인. 스스로에게 돌리면 아이의 배에 복수가 찬다. 기아가 복수가 찬다.

세계의 평균값인 14살에 사랑의 속박에 걸리면 그저 그런 삶을 산다.

평균을 넘어 사랑의 속박을 늦게 채우면, 자식이 세계에 복수를 한다. 세계가 배가 부른다. 세계를 터뜨려 죽인다.

둘 다 잘못된 게 없다. 죄가 없다. 운명. 세계가 사람을 농락한다.

그래서 자식이 부모를 칼이나 무력으로 미리 죽인 정신질환자는 말한다.

"그들이 나를 죽이려 하기에 내가 저항하다가 어쩔 수 없었었다."

진실을 본 것이지 정신병이 아니다. 되려 혼자 정상인이 된 것이고 실체를 봐버렸다.

여기서 오류가 있다. 부모는 자식을 속이려(죽이려) 하지 않는다. 부모가 속았기에 자신의 행위가 속임수라는 걸 모른다. 자식 입장에서 있는 그대로 보면 부모는 나를 속인다. 부모 입장에서 있는 그대로 보면 자식이 부모를 속인다. 그래서 두 방향을 동시에 있는 그대로 볼 때, 부모와 자식이 '속임수 교환'을 하는 것임을 보게 된다. 서로가. 그래서 당신이 옳다. 서로가 서로에게. 부모는 이미 죽어있다. 부모가 된 순간. 자아가 터졌다. 그래도 복구 할 수 있다.

자식이 못 해준다. 그래서 자아가 몰래 속삭인다. 탈출하라(외성적). 혹은 숨겨라(내성적).

부모는. 부모가 아닌. 부부가 되어 서로 복구하는 것. 부모는 못한다. 부부가 한다.

자식도 혼자 못하기에 자식은 배우자(배울자)를 만나서 부부가 되어 복구한다.

현실의 실체. 팀원 만들기. 슬슬 마지막 판이다. 성공하면 다음 판에 같이 간다. 방법이 없다. 당신이 있다.

(배우자를 만나는 것. 꼭 남녀가 아니다. 배우자. = 배울자. 즉 내가 배우고 싶은 존경하는 사람이 나를 지지해줄 때 그 사람이 배우자다. 영화'배우'. 흉내 내는걸 잘하는 사람이 나를 지지하고 그리고 그 사람을 지지해줄 때 성립한다. 하지만 세계는 그냥 두지 않는다. 둘 중 한 명이 배신하도록 한다. 갈등을 한계 없이 몰아준다. 싸우고 화해하고

싸우고 화해함을 반복하는 것. 믿는 자가 배신자. 그래서 극악의 난도. 최종 보스는 결코 쉽게 잡지 못한다. 모든 걸 동원해서 진실 된 팀원을 확보하지 못하면 다음 스테이지는 또 혼자 시작한다. 혹자는 말한다. 싸우고 화해하는 거 누구나 하는 거 아냐? 맞다. 헌데 방향이 다르다. **모든 사람이 다투고 화해함의 목적을 모른다.**)

다투고 화해함

예를 들어.

A 너가 밉다(너를 증오) → B 미안하다(나를 증오) → A 괜찮다(포기)

도통 무슨 말인지 알 수가 없다. 갈등이 내면에 더 깊어진다.

실제 아래처럼 갈등하고 해소함이 맥락을 풀어내는 열쇠다.(하라는 게 아니다.)

A 너가 밉다(너를 증오) → B 너가 맞다(나는 없다) → A 내가 뭐가 맞다는 거냐(나도 없다) → B 너가 있어 그저 고맙다 (너가 있다.)

탄생의 비밀을 반복하는 것.

내가 있다(나를 사랑 = 너를 증오 = 너가 없다) → 내가 없다(나를 증오) → 너가 있다(외부에서)

깜짝이야 → 무서워 → 고맙습니다.

이걸 못하는 이유. 사랑이 외부에 있다고 끝까지 믿으니까.

그러니까 사랑이 없고. 너가 있다고 이 양반님아.

사랑이 외부에 있다고 믿는 이유는 아주 교활하다. 신이 나를 구해주고, 신이 희생해줄 것이라고 책임 전가하는 것. 그러니까 그거 이미 들켰으니까 작작 좀 하자는 것. 좀 더 세련되고 깊게 들어가자고.

(사랑이 외부에 있다고 착각 = 아름다운 이성을 보고 싱숭생숭함이 사랑이라고 착각)

갈등 → 협상 → 모른 척한 후 더 연구하고, 이건 어때? 하고 또 싸우고 또 들켰네. 오케이. 이렇게 진행되면 상호 간의 감정이 점점 사라져감. 남는 건 오직 하나. 당신.

간단한 싸움이 아니다. 실제 계속 진행해 보면 내면에 듣도 보도 못한 극한의 분노가 올라오는데 그때 동공이 한계까지 열린다. 실로 본다. 도무지 홍채가 없다. 이때 자아의 함정.

1단계 선악과의 함정이 발동된다.

지지자인 상대방이 악마로 보인다. 정말 보인다. 두 눈으로 상대의 두 눈이 보이고 좌뇌와 우뇌가 동시에 작동(비틀린 채 강제로)하면서 상대의 겉모습이 실로 변한다. 외눈박이가 내 앞에 등장한다. 코가 기괴하게 생기고 작은 것은 크게, 큰 것은 작게, 흉측한 괴물이 눈앞에 직접 등장한다. 하필이면 내가 믿는 자가 그 모습이다.

'악마가 있구나. 하필 내 집안에. 내 옆에. 나를 죽이려 하는구나. 나를 속였구나.'

이것이 선악의 함정. 내가 보는 것은 내가 보려는 것. 내가 그리 보려 하니 그렇게 변한 것.

악마는 바로 내 안에 있다. 가장 아끼는 사람에게 덧씌워 속삭인다.

"저놈(년)이 너를 죽이려 했어. 어서 저 괴물을 죽여."

이때 한다. 이게 바로 필살기. 구사나기의 검. 궁극기를 발동한다.

악마를 봉쇄하는 신의 주문.

깜짝이야 → 무서워 → 고맙습니다. (내가 있다, 내가 없다, **너가** 내 옆에 있을 수 **있다.**)

나무아미 → 타불 → 관세음보살

(나무아미 = 나 없다고 나 없어, 타불 = 너가 불이니 무섭다고, **너가** 보고 있는 내가 보살로 **있다.**)

아~ → ~~~ → 맨

(아~ 나 있잖아. ~~~~음 없나?, 그럼 너가 있잖아.)

길을 걷다 돌부리에 걸려 발가락이 아프다.

깜짝이야 → 아프다 → 고맙습니다.

이거 안 하면 어찌 되는가.

다음에 걷다가 전봇대에 부딪힌다.

또 안 하면 어찌 되는가.

교통사고 난다.

정신 차리라고. 참지 말라고. 아픔을 참지 말고, 무서운 걸 안 무섭다 하지 말고, 아파하고 무서워한 후 그 이유가 '나(자아)'살게 하려 했음을. 그래서 진실로 고마운 게 맞다는 걸 알라는 것.

탄생의 비밀. 반복시키는 것.

그리고도 계속 갈등 화해를 세월과 함께 진행하면

2단계 사랑의 함정이 발동된다.

이번엔 내 눈앞에 '네'눈박이가 나온다. 차라리 외눈박이 때가 좋았다. 이건 도대체가 기괴함을 넘어 혼돈의 극한을 실로 눈앞에 본다.

필자는 그때 이렇게 말했다.

"와 너 얼굴 개쩐다. 졸라 무섭다. 정말 그 얼굴과 같이 지낸 내가 대단함을 느끼게 해줘서 고맙다."

내 아내는 그때 이렇게 말했다.

"너 얼굴 장난 없다. 왜 그렇게 생겼어? 콧구멍이 입 밑에 있어. 너랑 결혼한 내가 위대함을 느끼게 해줘서 고맙다."

우리는 서로 동시에 내면의 혼돈(사랑)을 실로 보았다. 심해어가 내 눈앞에 있다.

누구의? '나'의 심연의 모습

깜짝이야 → 무서워 → 고맙습니다.

(이것이 쉽지 않다. 이유는 '고백'이다. '너를 사랑하지 않아'를 넘어서. 내가 했던 악행을 모조리 고해한다. 이것을 상대가 그럴 수 있다며 실로 인정해줘야 하는데 상대가 '다른 건 다 참아도 이것만은 못 참아'가 단 하나라도 있을 시 '조건 있는 사랑'이 되어 증오의 화신으로 변질되고 심장에 무리가 온다. 자아가 열렸을 때 반대 방향의 감정을 받으면 자칫 심장마비가 온다. 그러니 시도하라는 게 아니다. 그저 이렇구나. 하는 필자의 착각을 본다. 심장에 무리가 오는 이유는 심장이 흘끔흘끔 눈치 보며 왼쪽에서 가운데로

이동해가는 와중에 상대가 반격하면 급격히 왼쪽으로 확 틀어 조인다. 누군가 내 심장을 손으로 쥐어 비트는 느낌이 온다. 숨이 막힌다.)

필자의 '착각'을 본다.

당신이 옳다.

2
성욕, 사춘기. 혼돈

성욕은 종족보존의 본능이 아니다. 성욕은 원래 없다. 만들었다. 무엇으로? 사랑으로.

(성욕은 없고 번식(창조)은 할 수 있음이다. 성욕 = 탈출욕이다. 부모(세계)에게서 탈출해야 한다는 강력한 욕구가 성욕이다. 나의 가족이 답이 없음을 확증한 시기. 세계가 답이 없음을 확증한 시기. = 사춘기. 내가 나만의 팀을 꾸려야 한다는 강력한 의지.)

사랑은 없다. 없는 것을 만들려면 있는 것과 있는 것을 조합한다. 그래서 남자와 여자가 결합하는 방향이 완성된다. 없는 것을 있게 하려니 자식이 있게 된다.(그래서 자식은 부모의 성관계가 특히나 괴롭다. 나에게 없는 것을 그들에겐 있다 하니 도무지 참기가 힘들다. 그래서 일부러 성욕을 만들어간다. 일치화해야 한다는 창조력이 발동된다. 현실에선 있어지면 없어지지 않는다. 그래서 속박. 있어지면 있는 것이지 부끄러운 게 아니다. 누굴 보고 흥분한들 죄가 없다.)

아이가 나오지 않는 부부는 둘 다 서로에게 성욕이 한없이 없는 것에 가깝기 때문이다. 성욕이 없다는 건 결코 매력이 없다는 게 아니다. 되려 둘만 함께해도 딱히 탈출욕 = 성욕이 발동을 안 하니 내 팀원의 만족도가 크다는 반증도 된다. 물론 반대의 경우도 맞다. 둘 다 맞다.

어찌 됐든 성욕이 없으면 아이는 나오지 않는다.

욕구.

욕망.

욕 - 반시계방향으로 뒤집으면, 0 = 1 = 7 (내가 없으니 있게 하여, 칠할 수 있길 바람)

구 = 9 구원자. 욕구의 실체가 0179. 즉 0(부존재)이 1(나)이 되어 7(칠)할 수 있을 때, 9(구원자)가 나온다. 그것이 아기. 새 생명. 신 자체. 반시계방향인 이유는 내가 칠할 수(꾸밀수)있으니까. 내가 만들어 나아가니까. 시간을 거꾸로 되돌리는 것.

욕구의 숨은 실체는 욕, 망(죽음). 즉 시계방향. 7 = 1 = 0 (내가 칠할 수 있을 때, 내가 있어, 너가 없다.)

망 - 0 = 1 = 0

욕망의 실체는 710010 내가 칠할 수 있음에도 내가 있다하니 너가 없고 너가 있어야 함에도 너가 없다. 그래서 결국 없음.

(나, 너를 헷갈릴 필요가 없다. '나'는 불멸이다. 그렇기에 해석을 피하는 것.)

욕망이 있으면 너가 없고, 욕구가 있으면 너가 있다.

성욕의 욕구가 있을 때 아기가 나오고, (내가 너와 합체함 그 자체가 좋을 때)

아기를 바라는 욕망이 있을 때 아기가 나오지 않는다.(너보다 다른 것이 필요 커나, 너 외에 다른 것이 필요 없을 때)

정신의 실체. 육신 따위는 정신을 이길 방법이 없다.

헌데 정신은 이미 세계에 지배당하고 있다. 그래서 운명의 속박 속에 뜻대로 되는 것이 아무것도 없다.

필자도 첫 번째 책에서 나름 밝혔지만, 내용을 이해할 방법이 없다.

두 번째 책은 더 밝히지만, 역시나 '도가도비상도'다. 도를 도라 하면 더 이상 도가 아니다.

아동 성착취범.

범인은 그의 부모와 세계다. 부모와 세계가 '사랑'을 우격다짐으로 아이가 어릴 때 씌우는 바람에 아이는 너무 어린 나이에 성욕을 느낀다.(가족을 버리고 싶어 한다. 자꾸 스스로의 성기를 만진다. 내 가족은 답이 없다. 내가 나만의 가족을 만드리라.)

(아이를 돌보지 말라는 게 아니라, 따뜻하게 돌보고 최대치로 즐겁게 돌봐 주는 것이 육아의 본질. 나도 즐겁고, 아이도 즐겁게. 우선권은 아이가 즐겁게. 가장 큰 믿음을 아이에게 던지기 = 희생양. 아이가 믿음에 속아서 부모의 환경을 즐겁게 개선시키기. 이후 자식이 성장하여 부모가 역으로 희생양이 되는 것. 등가 치환. 가장 믿는 자가 배신자.)

즉 아이가 6살에 성욕을 느껴버리면(사랑을 있다고 착각하면) 자아가 혼돈에 빠져서 아무리 성인이 되어도 6세의 아동을 습격하려 한다. 왜? 여기에 오류가 있음을 눈치챘으니, 이것의 실체가 무엇이냐를 탐구한다. 이것이 옳고 그름을 말하지 않는다.

세계가 그런 놈은 악마라고 한다. 그러니 상상만 해도 '죄의식'을 느낀다.

없는 죄를 있다 한다. 그러면 죄의식을 등가 치환 해야 한다. 그러니 실체화된 죄를 저지른다.

상상은 그 어떤 것도 죄가 아니다. 그 어떤 것도.

자위는 죄가 아니다. 혼자 즐기는 무엇도 죄가 아니다. 부끄러움은 죄가 아니다. 부끄러움을 알면 등가 치환 끝났다. "아 부끄러워." 이 순간 죗값을 치렀다. 부끄럽지 않으면 안 부끄러우면 된다. 마음의 진실을 세계와 타협하여 이끌어내는 것. 등가 치환.

혼자 하는 모든 행위는 자기 합리화로 모든 죄가 다 씻긴다.

문제는 타인과, 다른 생명과의 관계다.

인격 모독은 죄가 아니다. 그 어떤 것도.

신격 모독은 죄가 된다. 그 어떤 것도.

인격, 신격 모독의 예를 든다.

나와 당신이 '지금 이 자리에 없는' 제3자를 욕한다. 죄가 아니다. 그 누가 되든.

(하지만 이것도 상대방이 싫어하면 죄가 된다. 그러니 타협하는 것.)

이것이 인격 모독. 즉 타아를 능멸하는 것.

나(자신)와 당신 중 한 사람이 다른 한 사람을 면전에서 비난, 명령한다. 죄다. 그 누가 되든.

이것이 신격 모독. 즉 자아를 능멸하는 것. (서로 맞받아치면 상쇄된다. 죄가 없다.)

그러니 상대가 나의 왼뺨을 때리면 상대의 오른뺨을 후려쳐도 죄가 없다. 현실에서 이걸 놔두질 않으니 세상이 엉망진창이 된다.

물론 왼뺨을 맞고도 진심으로 상대를 용서하면 덕을 쌓아버려서 그 덕을 여유치로 갖고 스스로를 축복하여 내면의 죄를 씻는 것이 등가 치환. 이걸 알면 내 손에 똥이 묻을수록 행복해지고 내 손이 깨끗할수록 부끄러워진다.

어찌 됐든 자아를 능멸하면 등가 치환 해야 된다. 능멸하면 칭찬해야 한다. 등가 치환. 상대가 모욕감을 씻을 만큼 받아들일 때까지. 못하면 갚아야 한다. 세계에 갚아야 한다. 하지만 마음은 거짓이 없다. 진실로 갚지 못한 죗값은 내가 된다. 내가 된다는 것. 내가 죄의식이 있기 때문에 명령어가 나오는 것. 죄의식이 없으면 입에서 명령어와 비난어가 나올 방법이 없다.

인간에게 융통성은 없다. 애초에 없다. 입력하면 출력된다. 컴퓨터에 한없이 가깝다. 입력한 걸 출력 못하면 내가 없어진다. 내가 사라져간다. 컴퓨터가 망가져간다.

그래서 우리 모두 지금 망가져 있다. 입력한 걸 출력할 방법이 없으니까.

내가 되면 죄가 되고,

당신은 죄가 없다.

그러니 그 대가를 치르리라. 누가? 내가.

뿌린 대로 거두리라. 누가? 내가.

내가 되면 죄가 된다. 이 의미를 아는 것. 세계가 사랑으로 이루어져 모든 것이 고통이 된 원인.

내가 죄인. 근원의 속박. 이미 시작부터 죄를 짓고 등장. 내가 왔다. 하는 순간 지은 죄. 세계를 이따구로 더럽게 재미없게 만든 죄. 이것을 용서받는 게임. 그래서 팀원(지지자) 만들기. 그 팀원을 내가 지지하기.

그래서 속임수 거래.

A: 나 너무 힘들어. 그놈 때문에 짜증 나.(이 감정 흉내 어때?)

B: 너가 맞아.(너 들켰어.)

A: 생각해보니 나도 잘못한 게 있네.(이렇게 보완하면 어때?)

B: 그렇게 생각할 수 있어.(좀 그럴듯하긴 해.)

A: 에이 뭐 어차피 사는 게 다 이렇지 뭐.(일단 이렇게 마무리 지을까?)

B: 나도 그래.(나도 그 이상은 연기할 방법이 없어. 일단 마무리하자. 타아를 더 배우자.)

그래서 어린 나이에 연예계에 진출하면 아이가 사랑의 속박을 마구잡이로 너무 일찍 받는다. 세계가 사랑(사차원)으로 이미 만들어져 있다. 피할 방법이 없다. 혼돈을 너무 빨리 먹어 자아 정체성이 상실되어 성의 개념이 뒤틀리고, 사랑의 개념이 엉망진창이 된다. 부모는 아이의 14세의 사랑의 나이(사춘기의 실체)까지 지켜낼 방법이 없다.

(만 나이냐, 한국 나이냐는 의미 없다. 내가 몇 살이냐를 내가 인정하는 나이가 바로 그 나이다.)

3
가장 약한 자에게 하는 모습이 나의 모습

약자(안전한 자)에게 화가 난다. 그것이 잘못이 없다. 죄가 아니다. 화가 나는 건 죄가 아니다. 화를 풀면 죄가 된다. 화가 나면 죄가 아니고 화를 대상에게 직접 풀면 죄다.

왜 약자에게 화가 나는가. 나 지금 재미없는 세상이 싫다는 걸 표현할 대상이 약자다.

약자는 결국 안전한 자. 나보다 약자가 아닌 나를 공격하지 않을 자.

즉 결국 이리 돌리고 저리 돌려도 나의 지지자에게 화를 내게 된다.

이래서 극악의 난도. 최종 보스다. 나의 지지자를 확보한 순간 지지자에게 화를 푸니 죄가 된다. 나의 지지자가 나의 죄를 먹고 나는 그 죄를 갚지 못해 죽는다.

나의 죄 = 세상이 재미없는 죄

예를 들어.

게임개발자가 나다. 플레이어가 당신이다.

즐기라는 게임은 안 즐기고 게임 속에서 서로 비난하고 싸우며 개발자를 찬양하면 개발자는 혼돈이 온다. 더럽게 재미없는 게임이라며 욕하면서 개발자를 찬양하니 개발자는 미쳐간다.

그래서 단어부터 '개','발'자다. 개 족같다는 말이다.

개발자는 게임 서비스를 종료해야 한다. 더 이상 지속했다가는 정신이 망가지니 계속 지속하여 개발자가 죽을지, 아니면 플레이어를 죽일지 선택해야 한다. 둘 다 마찬가지의 결과다. 개발자가 죽으면 게임이 자동으로 종료되고 플레이어가 없으면 게임은 없다.

같이 가고 싶은데 방법이 없다.

당신이 있다.

내가 당신을 지지하고 당신이 나를 지지하지 못하면 이 게임은 정해져 있다. 운명.

사요나라. 사(사랑) 요(1 = 0) 나(나) 라(명령)

사랑은 죽음을 향해 나를 달리게 한다.

4
2024년

2024년. 네 손가락 사이에 내가 없고, 외부에 사랑이 있다고 믿는 해.

선택의 시간. 나와 함께 갈 지지자를 확보하지 못하면 운명의 속박으로 끌려들어 가는 순간.

(이때까지 확보하고 자시고 아무 상관없다. 필자의 착각이다. 당신이 옳다.)

2024 ~ 2029까지의 6년. 6은 죄의식.

2030까지는 7년. 바로 서서 허리 숙여 땅에 인사할 수 있는 자. 죄의식을 갚은 자가 개발자(신)를 용서하여 남는 세상. 선결이 죄의식을 갚는 것이고 후결이 용서다. 후결은 아무리 먼저 해도 선결이 순환되어 먹힌다. 원망이 먼저고 용서가 다음이다. 용서를 먼저 하면 원망이 뒤따른다. 원망을 받아낼 자에게 원망을 하고 그자가 떠나기 전에 그자의 원망을 다시 받아내고 서로의 원망을 서로가 받아내어 최종적으로 서로가 용서하는 것. 가능한 자 있는가.

있는 것은 있다.

지금 없는 것은 세상에 없다. 하지만…

바로 내 안에 **있다.**

2021 네 손가락 사이에 내가 없고 세계에 내가 있다. - 성립

2022 세계에 너가 있다. - 성립

2023 세계에 세계가 있다. 아이가 있다. - 성립 / 자유가 있다 (절반의 성립)

2024 세계에 사랑이 있다. - 불성립 / 사(죽음)랑 있다 - 성립

(즉 선택의 시간이자 첫 번째 시험)

진정한 사랑 = '조건 없는' 사랑의 지지자(배우자, 친구, 가족)가 있느냐 없느냐의 시간

2025 세계에 천사가 있다 - 불성립 - 판결의 시간

2026 세계에 악마가 있다 - 불성립 - 판결의 시간

2027 세계에 특별한 구원자가 있다 - 불성립 - 판결의 시간 (세상에 없고, 당신이 있다.)

2028 세계에 혼돈이 있다 - 성립 / 세계는 무한대다 - 불성립 (내가 무한대.

세계는 나의 한계.)

(최종 선택이자 마지막 시험. 혼돈을 받아들인 자와 혼돈을 인지하지 못한 자.)

2029 세계의 구원(신)이 있다. - 최종 불성립 (멸망의 시간)

2030 너가 있고 내가 없다. 자유가 있고 세계가 없다. (새로운 시작)

그러니 **필자의 착각을 본다.**

당신이 개발자고 당신이 플레이어다. 내가 개발자고 내가 플레이어다.

내가 개발자 행세를 하면 죄가 된다.

당신이 있다 하면 죄가 없다.

그러니 그 대가를 치르리라.

필자가 대가를 치르려 하니 필자의 책을 그저 본다.

내가 나를 속이면 나는 죽기에 내가 나를 속일 방법이 필자에게 있다.

5
천사

1004. 나 이외에 없되 세상에 사랑이 있다.

1(나, 신) = 자신. 자신의 나신. 벌거벗은 나. 내가 나를 보이면 나는 창피하다.

롱기누스의 창(운명의 창)을 내가 피한다.

내가 피하면 너가 창에 맞는다. 그러니 피하려는 자는 대가를 치른다.

천사 행세를 하면 살인마가 된다. 결국 그 대가가 돌아온다.

6
악마

악의. 아기. 음마. 마음.

아기는 '악의' 그 자체다. 마음은 음마 그 자체다.

그래서 자기밖에 모른다. 사랑도 없다. 외롭다. 나를 봐주는 사람은 그저 좋다.

즉 내가 창에 맞는다. 내가 대신 죽는다. 이게 악인가.

이보다 선이 없다. 그래서 악마를 흉내 내면 세상의 진실한 천사가 된다. 타인을 도우려고 온몸을 내던진다.

스스로 선인(롤 모델)을 흉내 내는 자베르는.

스스로 악인(죄인)을 흉내 내는 장발장을 보고 부끄러워 자살한다.

그러나 악마 역시 내면의 천사를 들여다보고 뿜어나오는 빛을 보다 눈물 속에 익사한다.

7
내가 없다. 너가 있다.

나는 똑바로 서서 허리와 고개 숙여 땅을 본다. 나는 이 땅이 고맙다.

실로 고마움이 있구나. 그 고마움을 누가 주었는가.

당신이 주었구나. 당신이 있다. 덕분에 내가 산다.

당신이 있고 그 덕에 내가 사니, 둘 다 산다.

하늘에 없고, 내 눈앞에 있는 당신. 당신이 나에게 주었구나.

태어나 주셔서 감사합니다. 아무 조건도 필요 없습니다. 변할 필요 없습니다.

그저 있는 그대로 있음에.

사랑합니다.

깨우치지 못하면 우리는 없다.

(있다. 없긴 뭐가 없나. 세상에 없는 것은 내 안에 있다.)

8
혼돈. 무한대.

그래서 세상을 보니 혼돈이로구나. 혼돈아 잠깐 **멈추어라. 너 정말 아름답구나.**

괴테의 파우스트가 하고자 하는 말.

지금 이 순간, 그 어떤 모습이어도 아름답구나.

굳이 이것이 나다 하지 않는다. 그것이 너다 할 테니.

This is me 하지 말고, This is you 하는 것. 그저 있는 것.

내가 나를 외치면 혐오스럽다. 내가 너를 외치면 사랑스럽다.

아기가 사랑스러운 이유. 내가 나를 외치지 않으니까. 내가 너를 있는 그대로 보니까.

자기밖에 모르는 아기(악의)가 가장 너를 외치는 아이러니.

세상을 있는 그대로 보는 것. 노력하지 않고, 열망하지 않는 것, 바라지 않는 것, 믿지 않는 것. 그저 보고 그저 느끼니 이 느낌. 그저 옳구나. 그저 있구나.

느낌이 있다. 있는 것은 있다.

외줄 타기. 우리는 외줄을 탄다. 외줄 위에서 서로 만났다.

까마귀와 까치가 만났다. 서로 원수처럼 보이지만 서로 말이 안 통할 뿐이다.

까마귀는 말한다.(엄마)

“내일 비가 올 거야.”

까치는 말한다.(아빠)

“어제 날씨 좋았지?”

옆에서 듣던 비둘기가 말한다.(자녀)

"지금이 좋아."

까마귀와 까치는 비둘기의 말은 듣지 않는다.

까마귀는 내일을 걱정하고, 까치는 어제를 추억한다.

비둘기는 중간에서 둘의 말을 듣고 곰곰이 생각한다. 생각은 하는 것이 아니라 보고 느끼는 것이 생각임에도 비둘기가 까마귀와 까치의 말을 경청하다 보니 어둠에 잠식되어 하얗던 비둘기가 점점 어두워진다.

그저 밝아 보이던 세상이 어둠으로 물든다.

비둘기는 그래도 그 둘이 옳다 하여 그 둘의 검은색을 몸에 묻힌다. 둘의 배변을 먹는다. 온몸에 묻혀가며 그래도 옳다 한다.

둘과 같이 가려고.

어떻게든 같이 가려고. 함께하려고.

혼돈을 수용하는 것. 평화란 무엇인가.

사랑이란 무엇인가.

'용서'

9
구원

구원은 늘 말하지만, 없다.

없는 것을 있다 하면 미쳐간다. 있는 것을 없다 해도 미쳐간다.

없는 사랑을 있다 하니 미쳐가고, 있는 당신을 없다 하니 미쳐간다.

당신이 있다. 당신이 세계이자, 당신이 신이다.

나는 없다. 자신은 없다. 자신은 신이 아니다.

자신은 없기에, 있어야 한다. 없다.

당신은 있기에 그저 있다.

자신 없기에 자신 없이 일에 도전한다. 이것이 삶.

“너 이번일 자신 있어?”

말도 안 되는 질문.

자신이 없으니까. 있으려고 일(1)을 하려 한다.

일이 돼야. 자신이 있어지고, 자신이 있어져야. 자신이 된다.

자신감을 얻는다. ‘감 = 느낌’을 얻는 것. 즉 없는 것을 있는 ‘척’하는 것.

‘화가’ ‘나’야 일할 수 있고, 일이 돼야 칠할 수 있고, 칠할 수 있으면 꾸밀 수 있고,

꾸밀 수 있으면, 꿈일 수 있고, 꿈일 수 있으니, 현실이 된다.

(화가 나야, 화가가 내가 된다. 일할 힘은 분노에서 온다. 자아는 분노에서 나온다. 분노는 세계를 있는 그대로 볼 때 나온다. 무한대의 분노. 그것이 열정의 본질. 남이 시키는 게 아닌, 나의 분노. 자아의 진노. 세계를 죽여버리겠다는 그 진노. 다 죽여버리자는 극한의 분노. 그 분노가 내가 될 때, 그 분노를 나로 만들어 내가 세계를 속일 때. 내가

나를 속이지 않을 때. 그때 비로소 꾸밀 수 있다. 꿈일 수 있다. 꿈을 갖지 말고 꿈을 꾸지 말고, 꿈을 계획하지 않고. 그저 꿈일 수 있다. 있는 것이 있음.)

9(구)는 없고, (꾸)밀 수 있다.

구원은 없고, 만들 수 있다.

누가. 내가.

내가 만들어 나아간다. 무엇을? 세계를.

당신은 이미 있다. 그저 있다.

사기꾼은 사람의 신뢰를 속(죽)인다. 신뢰가 없는 사람은 재미가 없다. 재미가 없는 놈은 같이 갈 방법이 없다. 헌데도 사기꾼은 자기가 무언갈 해냈다고 믿는다. 그러니 도대체가 답이 없다. 신뢰를 속이지 않고 세계를 속이는 것.

현 인류 전체가 도전하는 최종목표. 세계를 속이는 것.

왜? 같이 가려고.

그 어떤 범죄자도 실상은 '천사'를 행세했다.

자신이 희생양이라 믿는다. 스스로 천사라고 믿으니까. 그래서 종교인들이 강간범이 많다. 자기가 천사라고 믿으니까. 순간 속에 천사는 시간 속에 악마.

남에게 선의를 주입하는 사람이 근처에 없게 하라. 선의를 주입하는 자. 당신에게 죄의식을 심는다. 도덕과 규칙을 심는 자. 당신에게 죄의식을 심는다. 윤리와 규범을 말하는 자. 당신에게 죄의식을 심는다.

성경 등 경전을 보려거든 선악을 구분 짓는 모든 것을 배제하고 보면 모든 진실이 거기에 다 있다. 악마가 어디에 끼어있는가. 선악을 구분 짓는 것에 다 끼어있다. 구분 짓는 것. 구원이 분수에 맞게 있다고 혼돈을 심는 것. 구원은 아무 데도 없다. 내 안에 있다. 당신 있기에.

속박은 어디에 숨었는가.

약속에 숨었다. 약속하지 않는다. 서로 약속하면 속박된다.

"엄마랑 약속해!"

아이한테 이 짓거리 하지 않는다. 했으면 취소한다. 죄의식이 어디서 출발했는가. 약속에서 출발한다. 하루에 이빨 세 번 닦건 말건 알아서 한다. 그따위 것을 약속하면 매일 죄의식을 쌓는다. 죄의식은 반드시 죄를 부른다. 정해져 있다. 인간에게 '융통성'따위 없다. 입력되면 출력된다. 죄의식을 입력하면 죄를 출력한다. '융통성'은 당신에게 있다. 당신이 자신을 지지할 때 자신의 여유치가 죄를 등가 치환(담배꽁초 버린 만큼 주우면 되는 것 = 세계와의 타협)하여 서서히 복구되는 것. 그것이 융통성의 본질.

아이의 건강을 위해 그런 건데 왜?

'아이의 건강'을 위해서.

또 그놈의 "'너'를 위해서"를 발동하였구나.

혼돈을 심는구나. **내가 되려 했으니 그 대가를 치르리라.**

면역력의 본질. = 나 이외에 모든 것을 차단한다.

아이에게 '나'를 지키게 하면 이빨은 썩을 일이 없다. (세계는 그렇게 두지 않기에 현재는 닦는 것이 맞다. 하지만 가족은 그것을 약속하지 않는 것. 그저 닦으면 이렇다. 정도로 끝내는 것. 안 닦았으면 놀리고 웃고 즐기는 것. 배려는 배려를 통해 배울 뿐, 배려는 예절을 통해 배울 방법이 없다.)

'나'는 누구인가의 혼돈이 시작될 때 면역이 저하된다. 병은 결코 그냥 걸리지 않는다.

의학이 병을 치료해준다는 확신이 병을 부른다. 병을 치료하려면 병이 있어야만 하니까. 그래서 후결이 선결에 묶여 순환되는 현실에서 의학이 위대하다고 믿을수록 병이 알아서 찾아온다.

의학을 의심 반 믿음 반 하면 건강하다.

의학을 마냥 의심만 하면 그 또한 병을 부른다. 의심이 곧 믿음이다. 의심과 믿음은 오락가락할 때가 중도가 되고, 의심만 하거나 믿기만 하면 원치 않는 현실창조력이 발동된다.

그러니 세상이 그러거나 말거나. 이것이 장수의 비결.

스스로 죄의식을 갖고도 인내하는 자들.

인내하며 기다리는 그들이 순간 속에 악마. 시간 속에 천사.

죄의식을 갖고 인내하는 것. 그들은 무조건 천국에 간다.

헌데.

그것이 과연 옳은가.

당신이 옳다.

10
천국, 지옥은 없다. 1 → 0

1 = 0

1 = 0이란 말이 무엇인가.

혼자되면 0이다. 혼자는 없다.

천국을 혼자 가면 뭐하나. 혼자서 광인이 되어 온갖 괴물을 만들고 무적이 되어 놀면 재밌는가. 그래서 신력을 다 쓰고 스스로를 잃고 외로움을 내재화하여 이 세상이 또 반복된다.

지옥을 같이 가면 즐겁다. 좋아하는 사람끼리 지옥에 가면 즐겁다. 고통이 실로 쾌락이 된다. 내가 좋아하는 저 사람이 견디면 나도 견딜 수 있고, 내가 견디면 저 사람이 견딘다. 서로 고통 속에서도 웃는다. 고통 = 공포와 동의어다.

공포가 없으면 고통이 없다. 실로 그렇다. 느닷없이 총을 맞으면 아픈가. 안 아프다. 그런데 눈으로 팔이 없음을 알고 팔이 없으면 아파야 한다고 타아가 주입한 세계의 속임수가 아프게 한다. 공포. 공포가 없는 지옥은 어떨까.

그보다 재밌는 게 없다. 세상에서 가장 재밌는 것.

나 이외에 나를 지지하는 사람과 함께하는 모든 것. 마음이 맞는 이와 놀며 계곡물에 빠져 온몸이 흠뻑 젖으면 웃기다. 하지만 혼자 가다 넘어져 작은 물웅덩이에 바지 끝단만 젖어도 괴롭다.

혼자 가면 천국이 지옥이고

같이 가면 지옥이 천국이다.

등가 치환 못하면 어디든 혼자 간다. 혼자 가겠다는 녀석은 내버려 둔다. 챙겨주지 않는 것. 남을 굳이 챙겨주지 않는 것. 챙겨줄 수 있는데 안 챙겨주는 게 아닌, 챙겨줄 수 없는데도 굳이 챙겨주면 혼자 가는 것이다. 버린다. 뭐를? 남을. 나를 버리지 말고, 남을 버린다. 그가 스스로 자기 혼자 가겠다 하면 버린다. 이것이 중도의 본질.

중도란 무엇인가.

나이 외에 다른 것을 숭배하는 자를 버리는 것.

나를 버리지 않는 것. 내가 나를 버리면 나는 죽는다. 내가 나를 지키려 하면 자아의 진노가 세상을 버린다. 그러니 세상을 버리려 하되 버리지 않기 위해 동시성의 불가능에 도전하는 것. 그것이 사랑이 없음을 알고 그것이 나의 잘못이 아니고 타인의 잘못이 아님을 알 때 자아의 진노가 있는 그대로 세상을 보고 일할 수 있는 것. 그래서 칠하고 꾸미고 꿈이고 현실인 것.

그래서 모두가 노력하는 단 한 가지. 세계를 속이는 것. 사람을 속이지 않고 세계를 속인다.

이유는.

어떻게든 같이 간다.

이것을 이해하는 것.

비트코인은 실체가 없다 한다. 있다. '전기력' 즉 나다. 나는 0으로 간다. 전기가 부족하면 나는 부족해진다. 내가 이미 있는데 더 있으려 한다. 그러니 전기(나)는 부족해진다.

일반 화폐는 실체가 있다 한다. 있다. '전 = 자기력' 즉 나와 너다. 이것이 신뢰. 신뢰는 무한대.

신뢰가 있을 때만 무한대. 신뢰가 깨지면 가치가 0으로 간다.

어떻게든 같이 가려면 신뢰가 깨지지 않아야 한다.

신뢰가 깨지지 않는 유일한 방법

서로 기대하지 않고 기대는 것.

11
아무 일도 없다.

아무(나 없이) 일은 없다.

1 = 1. 1 → 1로 가는 것.

나는 그저 나인 것. 그러면 아무 일도 일어나지 않는다.

세상은 이렇지 않다. 세계는 1 = 0으로 간다. 나 홀로 1 = 1을 외쳐도 세계의 타아가 당신을 녹인다.

신호등의 초록빛 등을 파란불이라 한다. 아이들은 어처구니가 없다. 분명 초록불인데 왜 그토록 어른들은 파란불을 외치는가.

'불'이니까.

빨간불, 노란불, 파란불은 실컷 본다. 초록색 불은 바륨이나 구리 티타늄 등의 금속 반응으로 볼 수 있으나 평소에 볼 일이 없다.

알게 뭐냐. 불이라는데, 가까운 거 찾아보니 빨주노초파남보니까 초 다음 파란불 하자. 쉽게 쉽게 가잔 말이다. 그것이 혼돈.

그래서 그린 라이트. light는 빛이고 등빛은 빛이니 외국인은 그린이라고 정확히 말한다.

이런 모든 것들이 없는 것을 있다 하면 화가 난단 말이다. 누가. 내가(자아가). 그러면 풀어야 하는데 풀 곳이 없다. 화를 풀어야 사고방식의 맥락이 풀린다. 화가 나는 이유 자체가 언어맥락과 사고의 맥락, 마음과 생각의 불일치 그 자체다.

어른들은 숲이 푸르다 한다. 미쳐버리겠다. 숲이 녹색인데 왜 푸르지?

'풀이'다. 푸를 녹綠이라서도 아니고. 그냥 '풀이'다.

풀이 그립다는 것. 풀이다! 숲이 풀이다! 숲이 푸르다(풀다). 풀이 너무 그립다. 문제 '풀이'. '풀어'야 하니까. 왜? 다시 풀을 못 볼 테니까.

왜 다시 못 보는가. 지금 눈앞에 보고 있지 않은가.

숲이 풀이다. 숲이 답이다. 답은 숲. 숲이 무엇인가? 숲이 나무인가? 풀인가? 잡초인가?

숲 = 우리

우리가 답이다. 이 답은 모두가 알되, 답에 도달하는 방법을 아무도 모른다.

내가 우리가 되는 방법. 도대체 어디 있는가. 나는 우리가 되어서 우리 속에서 내가 되고 싶단 말야. 너가 내 옆에 있었으면 한단 말야. 서로 즐겁게 있고 싶어. 혼자서 즐거우려 해도 결국 남이 만든 게임을 하건 내가 쓴 책을 남이 봐주건 결국 너가 없이 나는 어디에도 없단 말야. 나는 어디에 있고 우리는 어떻게 있어야만 하냔 말야.

방법이 없다. 사랑이 내 안에 있어버렸으니까. 없는 것을 있다 하여 억지로 믿고 내 안에 창조하였는데 알고 보니 세상 어디에도 없고 내 안에만 있으니 이것을 주려면 나를 먼저 찾아야 하고 나를 찾자니 너가 나를 찾아줘야 하는데 세상 어디도 너가 너로 없고, 내가 나로 없으니 줄 방법이 없단 말이다.

그러니 사랑은 없다. 없는 것을 바라보면 드디어 알게 된다.

'있어야'함을. 나 있어야. 왜? 나 없으니.

나 이제 없어지니까.

나 이제 없어야만, 당신이 있어질 테니까.

12
나는 너이다.

1 = 2. 1 → 2로 가는 것.

남자가 여자에게 가는 것. 여자가 남자에게 오는 것이 아니다.

남자는 여자에게 간다. 무엇을? 나를. 나를 바친다.

여자에게 나를 바친다. 세계는 함정을 판다. 여자가 남자에게 순응하길 바란다.

좃까는 소리.

인생 좃같은 이유. 여자가 남자에게 순응하길 바라니까. 여자가 남자에게 반하길 바라니까. 남자가 여자에게 모든 것을 바친다. 이것을 이해하지 못하면 혼자 간다. (남녀관계를 넘어, 남자 속에도 여자가 이미 있다. 여자 속에도 남자가 있다. 내 안에. 내 남편. 둘 다 나다. 내가 남자일 때 내 아내에게 바친다. 내가 여자일 때 나에게 바친다. 남자만 불리한 거 아냐? 아니다. 남자가 '열쇠'를 쥐고 있다. 그보다 짜릿한 게 없다. 박진감. 판도라의 상자를 여는 주인공.)

(아부하고 비굴하라는 게 아니다. 속임수 거래. 인생의 본질. 배신자게임. 남자는 최후의 최후까지 마지막 속임수 한 개를 남긴다. 그 속임수 하나를 끝까지 지켜낸다. 그래서 그날에 그것을 소모한다. 각자의 비장의 한 수. 비수를 내 심장에 스스로 꽂는 것. 희생양의 타깃이 스스로 내가 되는 것. 내 운명을 내가 선택하는 것. 그러면 여자는 뭐하는가. 이미 여자의 자아는 다 알고 있다. 그 마지막 한 수까지. 최후의 한 수가 얼마나 그럴듯한지를 보는 것. '오오, 그 정도까지 했으면 마음에 든다.' 그래서 어떻게든 같이 가는 것.)

사랑이 없음을 모르고 **사랑이 있는 줄** 알고 여자에게 나(가짜)를 바치면 여자가 광기에 취한다. 자식을 죽인다. 왜? 아비가 자식한테 살해당하니까. 어미가 자식을 미리 죽인다. 남편을 살리려고. 대신 죽는 것. 대신 혼자 가는 것. 희생의 극한.

아비가 자식한테 사랑(혼돈)을 일찍부터 심으면 자식이 반드시 부모를 죽일 테니까. 누구부터? 아비부터. 왜? 엄마는 고통 속에 자신을 낳아주셨지만, 아빠는 쾌락을 즐기고 무책임하니까.

이것이 그놈의 근거와 논리, 윤리의 함정.

'아버지 **(태어나신 자체로)** 감사합니다.'에 도달할 수 없도록.

쾌락을 죄라고 주입하고 사랑이 있다고 주입하고 세상이 근거가 있다고 주입한 대가를 치르는 것. 마음속에서 결코 진심으로 도달치 못하게 막는 사랑의 장벽. 절대 도달치 못한다.

'아버지 성관계를 하셔서 감사합니다.'에서 막힌다. 무조건 막힌다. 왜? 성관계는 이러쿵저러쿵 야하고 음란하고 뭐가 어쩌구저쩌구 하고 앉았으니 어떻게 도달하는가. 중간에 맥이 끊어진다. 타인의 성관계도 감사할 수 있음을 알 방법이 없다. 누구는 되고 누구는 안 되는 순간부터 모든 맥락이 다 깨진다.

그러니 해야 할 건 단 하나. 사랑은 없다. 세상이 그러거나 말거나에 도달하는 것. 그렇게 우회해서 옆에서 치는 것. 사랑은 없다.

많은 이들이 전략을 잘못 짠다.

심장을 미리 왼쪽으로 옮겨놓아 당당히 적에게 내 몸에 중심을 맡긴다. '으하하 내 심장은 몰래 왼쪽으로 옮겼음을 모를 거야.' 그거 들켰단 말이다. 그래서 왼쪽을 찔러 죽는다.

그래서 예수가 지금을 읽어낸 것. 롱기누스의 창아! 내 심장을 찔러라! 하면서 심장을 가운데로 옮긴 것.

신의 한 수. 지금 이 순간을 있는 그대로 본다. **너가 있다. 당신이 있다.**

그러니 신도들은 외친다. '신이 있다.'

그래서 부처가 지금을 관통한 것. 운명을 벗으니 숙명. 스스로를 익히고 끝없이 익숙히 한다.

익히니 수분이 빠지고 단단해진다. 나에게 익숙해지니 나를 굳힌다.

산스크리트어 '사리라(Sarira)' 살리라. 나 살리라.

사리. 티타늄과 프로트악티늄 등 12(한 사이클)종의 금속을 조합하여 전신사리. 금강불괴지신.

누가 내 목을 벨 소냐. 누가 나를 찌를 소냐. **내가 있다. 내가 바로 부처다.**

그러니 신도들은 외친다. '내가 곧 부처다.'

당신이 있댔지 언제 신이 있다 했는가. 그러니 지상에 있는 줄 모르고 하늘만 쳐다본다.

부처가 자기 스스로를 부처라 했지. 언제 너가 부처라 했는가. 그러니 전 부칠 때 남이 부친 전이 참 맛있다. 예의도 남이 나에게 '전' '붙여'야 뿌듯하다.

내가 사랑이니. 내가 바로 사랑이다! 하라는 말. 내가 부처가 아니지 않는가. 나를 어디 갔다 부치란 말인가. 내가 붙을 곳이 아무 데도 없다. 왜? 내가 사랑이니까. 내가 남을 붙여야 한다.

얼음땡 할 사람 내게 붙어라. 내가 사랑이다.

너가 있으면 너가 있다 하란 말. 너가 이래야 하고 저래야 하지 않다.

하지만 방법이 없다.

사랑이 없음을 모르니까. 알 방법이 봉쇄되어 있으니까. 늘씬한 젊은 이성이 지나간다. 눈길이 간다. 마음이 싱숭생숭하다. 어? 이게 사랑 아닌가? 귀여운 아이가 방긋 웃는다. 마음이 상쾌해진다. 어? 이게 사랑 아닌가? 강아지가 반겨준다. 기분이 밝아진다. 어? 이게 사랑 아닌가?

뭐가? 그대가 무얼 했는가. 아무것도 안 하고 상대의 모습에 '반'했다. '반' 하고 나서 '정'했다. 저 사람의 기분을 좋게 하자. 그래서 나와 친해지게 하자.

현실은 정반합. 헌데 그대가 느낀 건 반정합. '반'한걸 없애려고 '정'한 것. 거꾸로 가는 세상.

반하고 정하면 반대 방향의 감정을 상쇄시킨 후 없앤다. 즉 없애는 것. 상대를 내 곁에 두어 감정을 없애는 것. 목표는 나를 싱숭생숭하게 한 그 감정을 심은자. 내가 없애고 싶은 것. 그래서 없애고 나니 결국 그 사람 버리려 하지 않는가. 사랑이 외부에 있다고 믿으니 깨지지 않는가.

관념은 정합반. 그래서 정반합의 현실 속에 반정합을 하려 하고 마음은 정합반을 달려가니 혼돈의 폭풍이 몰아친다.

정합반(내가 정했다, 합치자, 반려자를) - 자기합리화 (관념)

정반합(내가 정했다. 반려자를. 합치자) - 세상

반정합(너가 스스로 반려자를 자칭했다. 나는 그것을 정했다. 없애기로) - 은폐된 진실

뒤틀린 세상. 그러니 무당들과 풍수지리사들이 하나같이 하는 말.

천지가 뒤집혔다.

나 자체가 사랑임을 알려면 세상에 사랑이 없음을 아는 것.

그러면 내가 나를 정한다. 정했다. 내가 사랑이다. 그러면 너는 어떤 모습이어도 옳다.

내가 바로 살아있는 죽음의 사신. 나는 4. 너는 1 ~ 3이다. 정해져 있다. 그러니 빨려 들어온다. 들어오니 4를 보고 흉내 내어 4가 된다. 둘이 합쳐 8이 된다. 그러면 9가 보인다. 본다.

당신이 있다. 나는 없다. 나는 없고 그 자리에 남은 것은 사랑. 나는 사라져간다.

당신이 이미 있음을 모르고. 내가 되면 죄가 되는 것을 모르니.

그래서 대다수의 가정에서 아비가 먼저 죽는다. 오이디푸스 컴플렉스 따위가 아니고. 혼돈의 근원. 타깃이 이미 태어날 때부터 정해져 있다.

사랑 = 죽음

사랑 = 없음

나 지금 사랑 함께 있다.(나 지금 동서남북, 사차원, 네 방향의 생동감과 함께 있다.)

나 지금 4랑 있다. 나 사랑 있다. 사랑 있다. 나는 없다.

사랑을 '주입'하는 것. = 내가 없다. 너도 없다.

나를 느끼게 하는 것. = 내가 없다. 너가 있다.

너가 바라는 것. = 즐거움.

즐거움의 필수 = 팀원. 가족

그러면 우리가 된다.

사랑 없다. 너가 있다. 당신이 있다.

사랑이 바로 당신 그 자체라고.

너가 사랑스러워서 사랑해가 아닌,

나는 너를 어떤 모습이건 지킨다. 지지한다. '나'를 위해서.

글을 보니 더 헷갈리는 것 같다. 당연하다. 언어 자체가 이미 맥락이 다 터져있다. 소통이 태초부터 불가능하다. 그래서 그저 보는 것. 그저 느낀 그것. 당신의 안에 불멸의 '존재'. 자아가 훔쳐보고 있다.

자아가 말한다.

“저놈 봐라. 구라 좀 칠 줄 아는구나.”

타아가 침묵한다.

“어… 그… 어…”

그때 한다. 궁극기.

깜짝이야 - 무서워 - 고맙습니다.

13
자유

자유는 세상에 없다. 새 생명에게 있다.

3은 모든 것. 모든 것을 만든다.

새 생명이 모든 것을 만든다.

부모가 자식을 즐겁게 해주면, 자식은 부모가 즐겁도록 신격을 소모한다.

부모가 자식에게 과한 학습을 유도하거나 즐거움을 제한하면,

자식은 부모가 괴롭도록 신격을 소모한다.

개 한 마리 키울 때도 그렇다.

개를 키울 때 개한테 과한 룰을 주입하거나 외롭게 하면 개는 자신의 신격을 보호자에게 주입한다. 괴롭도록. 외롭도록.

그래서 룰을 주입하면서 사랑해서 그랬다고 외치는 견주가 괴롭다. 외로움을 주입하면 늘 외롭다.

생명이란 무엇인가. 생명이 신 그 자체다.

신을 능멸하면(없는 것을 있다 하고 있는 것을 없다 하면) 그 대가를 치른다.

가족이 왜 가족에게 규칙을 주입하는가. 가족은 가족에게 규칙을 넣지 않는다.

자유.

자유가 방종인가.

자유는 선택.

(헌데 왜 방종으로 보이는가. 혼돈. 사랑을 주입했으니 혼돈에 먹힌 채로 자유를 주면 아이가 미쳐간다.)

그래서 가족이 자식을 있는 그대로 두되 즐거움을 누리도록 하고 보호해 주면, 자식은 세계를 있는 그대로 본다.

그래서 선택한다.

내가 왔다. 내가 이 세상 있는 그대로 보니 내가 즐거우려면 내 부모가 즐거워야 하는구나. 그렇다면 내가 요청한다. 세상아. 내 부모를 즐겁게 하라.

그래서 자폐증(실체는 타폐증)이 있는 아이의 부모가 출세하는 경우가 많다.

아이는 자아가 살아있고(타아를 거부하니까) 부모는 자식에게 기대하지 않으니까.

아이의 신격. 신을 웃게 하는 것. 신이 웃어야 내가 웃는다.

당신이 즐거워야 비로소 내가 즐겁다.

아기의 신격. 이것이 발동하지 못하게 한 것이 누구인가. 전 세계 모두.

아이의 즐거움을 뺏은 대가.

내가 되면 죄(제, 재, 잿)가 되고, 당신은 죄가 없다.

그러니 당신이 옳다. 당신이 맞다.

14
사랑

없다. 없는 것을 있다고 속인 죄는 누가 받는가.

내가.

내가 받는다.

감정을 심은 자가 누구인가.

내가 되려 한자가. 내가 되려 하면 타인에게 이래라저래라 한다.

뭐를 심는가. 죄를 심는다. 윤리의식을 심는다.

"제가 생각하기에"

(죄가 생각하기에)

윤리 자체가 죄다. 제사가 죄사다. 죄를 사하려고 제(죄)사를 한다.

누구에게? 조상 따위에게. 조상이 어딨는가. 지금 없는 것은 없다.

조상이 누구로 있는가. 내 옆에 있다. 내 옆에서 나를 두 눈 뜨고 시퍼렇게 쳐다보고 있다.

그, 그녀에게 제사상을 차리게 하고 괴롭히면 그 대가를 누가 치를까. 그 두 눈의 동공이 있는 그대로 보고 있다. 이게 우스운가. 재밌는가. 등가 치환 어떻게 할 건가.

공자가 미친 듯이 웃고 있다. 그래서 공자가 노자에게 혼찌검이 나고 도망친 거다. 노자는 공자의 미친 짓을 이미 알고 있으니까 공자를 보고 천하의 미친놈을 봤다고 노발대발한 것이다.

그래서 공자다. 0자다. 그래서 노자다.(익숙한 자)

공자는 시작부터 내가 없지만, 노자는 스스로 나를 감춘다. 공자는 시작부터 내가 없으니 뇌가 없다. 극한의 저능아. 공자. 중도를 스스로 하는 자. 노자.

중도는 스스로 한다. 중도는 강요하지 않는다. 참아야만 하지 않는다. 참을 수 있을 때 참는다. 참을 수 없으면 참지 않는다. 피한다.

왜?

내 편이 아니니까.

내 편을 만드는 것. 내가 만들어 나아가는 것.

내 편만 취한다. 내 편 아니면 버린다. 나를 버리지 않는다. 나를 숨긴다.

뭐를 위해서.

'나'를 위해서.

그러니 '너'를 위해서. '너' 생각해서, '누구'를 위해서, 나는 괜찮은데 '누구'는 힘들 거 같으니 '너가 변하라'고 변칙 법 쓰는 녀석들. 그런 녀석들 정신 못 차릴 듯 보이면 버리는 것.

나를 버리지 않고 나를 버리게 하려는 사람을 버리는 것.

중도의 본질.

'나'를 위해서.

나를 위해서 나를 숨긴다. 중도. 내가 남들 가운데 숨는다. 그래서 구경한다. 세상을.

본다.

15
천사가 되고 싶다.

뭔가 나도 해보고 싶다.

'해'보고 싶다.

해는 실컷 보고 있다. 매일 보고 있는데 보고 싶다.

그래서 불탄다. 해보고 싶으니까. 태양을 두 눈 뜨고 보지도 못하면서 보고 싶다 한다.

누구에게? 남에게. 남이 보라 한다. 자신은 쳐다볼 엄두도 못 내면서 남에게 강요한다. 그것이 선의를 주입하는 것.

"내가 이러쿵저러쿵 해봤는데. 너도 이러쿵저러쿵 해라. 어서 해봐라." 해를 봐라.

자신은 다 해봤다고 한다. 내가 해봤으니 안다고 한다. 해봤으면 눈이 멀었지. 장님이 눈뜬 자에게 말한다. 같이 눈감자고. 같이 눈멀자고.

이래라저래라의 본질.

나 혼자 죽을 것 같으니, 너도 혼자 죽어라.

그래서 그런 이가 근처에 있으면 냅다 버린다.

이래라저래라 하면 탈출한다, 저항한다, 숨긴다, 반항한다.

"너 자꾸 그러면 어디서도 못 살아. 남이 시키는 거 그거 억울해도 해야 되는 게 있는 거야."

(너 자꾸 그러면 어디서도 잘 산단 말야. 그러면 내 옆에 없고 더 매력 있는 사람한테 갈 테니까 나 외로워진단 말야. 나처럼 순응하며 나랑 같이 있자.)

죄의식.

내 죄의식을 받아가라. 내가 지옥에 갈 거 같은데 너도 같이 갈 수 있는가.

그러면,

같이 못 간다.

왜?

매력이 없으니까.

같이 가면 재미가 없으니까. 마음의 진실. 마음은 거짓이 없다. 같이 가기 싫은 사람 같이 못 간다. 정해져 있다. 즐거움이란 무엇인가.

그러니 실로 당신이 옳다.

16
내가 죄인이다.

맞다. 틀리지 않다. 우리는 애초부터 태초의 사슬에 걸렸다.

죄인이다.

그래서 스스로 죄인임을 아는 사람끼리가 즐겁다.

내가 나를 까내리는 사람이 즐겁다.

내가 남을 까내리는 사람이 싫다.

내가 나를 까내리면서 서로가 자기가 더 낮은 곳에 웅크려있음을 보여줄 때 재밌다.

속임수 거래의 본질.

A: 나는 아무리 보잘것없어도 즐겁다. 어떠하냐 나의 흉내가.

B: 재밌다. (나는 거기까지 생각 못 해봤는데 그래도 재밌을 것 같아. 너의 속임수 정도면 당신을 속일 수 있겠다. 혹은 그 정도로 즐겼다면 당신이 봐줄 수도 있겠다.)

그래서 손가락질하면서 검지(흉내 내기)를 내밀고 나머지 세 손가락(거짓, 의심, 도피) 자기에게 가르치는 자가 안타깝다. 잘 가라. 구제하지 않는다. 챙겨 주지 않는다. 버린다. 같이 있으면 재미가 없으니까. 재미없으면 같이 가지 않는다.

그래서 각종 경전에 다 써있다. 선을 행하여 천국에 도달할 수 없음을. 선하지 않는다. 악하지 않는다. 즐거움을 추구한다. **남에게 피해 주지 않는 선에서.** 그것이 게임의 본질.

'재밌게' + '함께' 즐긴 사람 같이 간다.

마음은 거짓이 없다.

그래서 속임수 거래.

결국 당신이 옳다.

17
방관자를 흉내 내는 자.

7을 흉내 내는 자가 있다.

스스로 겸양한 척하는 이가 있다. 아무 생각도, 방향도 없이, 그저 멍하니 있다.

그에게 화를 내라. 그는 이미 없다.

스스로 내가 없다 하며 너가 있다 하지 않고, 나도 없고 너도 없다를 시전한다. 이놈이 모든 것을 망친다. 공자다.

공자가 현세에 잔뜩 있다. 멍 때리면서. 작금의 세상이 다수가 공자다. 공자를 NPC라 한다.

공자를 발견하면 짖어도 된다. 개가 왜 이리 짖는가. 공자를 보고 짖는다.

'정신 차려라' 그것이 개가 짖는 이유다.

대신 개가 된 후에 다시 사람이 되면 된다.

그래서 개 짖는 소리가 그토록 크다. 세상에 사람이 드물고 다 공자 행세를 하니까.

멍 때리며 걷거나 정신 나간 사람한테 개가 짖는다. 그러면 정신이 번쩍 든다. 자아가 나온다. 감히 나한테 개가 짖다니 개 주인 누구야? 한다.

그때 웃으며 말한다. "죄송합니다."

그러면 본다.

인생 진짜 코미디라는 거.

18
그래서 욕한다.

그러니 욕하는 건 괜찮다.

누구에게. 지금이 없는 사람에게. 지금이 없는 세상에게.

세상을 욕한다. 상대방을 꾸짖지 않는다. 상대방이 멍 때리면 화를 낸다. 멍 때리면 무시한 거니 화내도 된다. 그것이 등가 치환. 헌데 듣는 자에게 화내지 않는 것.

지지자에게 화내지 않는 것. 지지자를 돌봐주는 것.

그러니 18이다.(내가 나일 때 세상이 혼돈이다.) 1 = 8

19
구원은 없다.

그러니 기다린다. 고도를 기다리지 않고 '나'를 기다린다.

때가 되면 나오니까.

그때를 기다린다.

뭐를 위해서. 나를 위해서.

무엇을 하며. 죄를 씻으며.

죄는 어디서. 사랑에서 나온다.

사랑은 어디서. 세상에서 나온다.

세상은 어디서. 나에게서 나온다.

나는 어디서. 너에게서 나온다.

너는 어디서. 나에게서 나온다.

그러니 오직 단 하나의 진실.

당신이 있다.

20
사랑이 없으면 뭐가 있나.

고마움이 있다. 계속 썼잖은가.

당신 있기에 내가 산다.

그럼 뭐가 있나.

고맙지 않은가.

그럼 왜 처음부터 안 썼는가. 그것이 전달의 세뇌고 사랑의 속박이다.

고마움이란 무엇인가. 또 반복이다.

단어는 표현이고 그림이다. 언어 자체가 귀신이다.

언어가 귀신.

귀로 듣지 않는가. 신의 귀를 때리는 게 언어다.

귀신.

귀신이 언어다. 모든 언어가 거짓말.

다 거짓말. **지금 이 글 전체가 다 거짓말인데 그럴듯하기도 하고 아리송하기도 하잖은가.**

분명 '근거'가 있어야 그럴듯해 보였는데, 이 책은 아무 근거도 없이 아무렇게나 씨부리는데 있어 보이는 이유가 무얼까. 8진법. 없었지만 있어진다. 그 권능이 필자에겐 없다. 이 글을 읽는 독자에게 있는 것. 독자에게 권능이 있으니까 필자의 근거 따위 원래 세상에 없는 거 멋대로 씨부린다. 씨를 부린다. 씨를 뿌린다. 씨가 먼저인가 열매가 먼저인가. 누가 먼저 그딴 거 없다. 있다 하면 있어진다. 없다 하면 없어진다. 현실 창조력.

그러니 자신감. 이거 회복하는 거 얼마나 쉬운가. 그저 근거 없이 나는 자신 있다. 알게 뭐냐. 너가 이미 있는데. 그 덕분에 나 있으니 세상 개개인 모두가 아름답다. 세상은 배경이 있어야 자신 있다 한다. 배경이 어딨는가. 배경이란 무엇인가. 내가 있지, 배경이 나의 어디에 있는가. 배경은 내가 보는 세상이다. 도대체가 없는 것을 있다 하니 속이 터진다.

"직업이 뭐예요?"

"백수입니다."

"어…음. 요즘 세상 참 힘들죠?"

"고맙습니다."

"네? 뭐가요?"

"위로를 주셔서요."

"에이~ 별거 아니에요. 다 잘될 거예요."

그러면 실제로 잘된다. 신격을 그가 나에게 주니까. 신격은 근거가 없다. 그저 창조해 버린다. 그가 나보고 잘됐으면 하는 소망을 나에게 근거 없이 쏠 때 창조력이 나온다. 이러저러해서 잘 될 거다 하면 잘 안 된다. 근거를 있게 하고 잘 될 거라 하면 아무것도 안 된다. 신격이 봉쇄되고 인격이 나오니까. 인격은 근거가 있고 힘이 없다. 신격은 근거가 없되 멋대로 창조한다. 인격자는 그래서 답답하다. 신격자는 그래서 늘 흥미롭다.

살다 보면 화가 난다. 우울할 때도 있다. 세계는 우울한 사람 도무지 그냥 두질 않는다.

공격 들어온다. 그러니 방어할 생각만 머리에 가득하다. 누가 내게 이러하면 이러해야지. 온통 그 생각이라 아무 집중이 안 된다.

"직업이 뭐예요?"

"그냥 대충 먹고 살아요. 그런 걸 왜 물어보세요?"

"아니·· 뭐 됐어요. 별걸 다 민감해하네. 말도 못 해요?"

이러니 모든 일이 추억이 된다.

공방일체 무적기. 자신감. 나는 너가 어떤 모습이어도 옳다고 본다.

혹자는 말한다. 돈이 없으니 자신이 없다고. 부모한테 돈 달라고 하면 된다. 골수까지 파먹으면 된다. 그러면 부모가 태어나주셔서 고마워진다. 그러면 부모가 잘됐으면 좋겠다고 자동으로 치환된다. 등가 치환. 그러면 창조력이 느닷없이 튀어나온다. 복권에 당첨이 되던가 뭔가 일이 잘 풀린다. 그러니 그저 알게 뭐냐 부족한 건 주변인한테 달라 하고 그 대가로 고마움을 실로 느끼는 것. 고마움을 느끼려면 무서움을 솔직히 고백하는 것. 감정을 풀어내는 것.

그래서 신의 주문. 궁극기. 필살기이자 뭐가 됐든 돼버리는 사랑의 마법 주문. 일상에 늘 이거 하나 달고 살면 다 해결되는 신비. 신의 비책.

깜짝이야 - 무서워 - 고맙습니다.

깜짝이야 - 아프다 - 고맙습니다.

깜짝이야 - 어쩌지 - 죄송합니다.

이것이 인간관계의 모든 것.

업무 관계의 모든 것.

제가 알아서 해보겠습니다. (죄가 아 = 나.라서 해 보겠습니다.)

죄가 날아가 해를 보고 삭제된다. 그래서 언령. 신격의 언령은 자신감이 있을 때만 발동된다. 자아가 나와 실컷 소름 돋고 실컷 닭살 돋고 실컷 전율을 느끼면, 타아의 온기를 오싹한 자아가 잔뜩 머금으면 자아가 뜨뜻해져 신격을 발동한다.

내가 잠깐 왔다. 내가 슬쩍 와서 구경하니 별일도 아닌 것이 나를 귀찮게 하는구나. 그러면 그거 내 알 바 아니로다. 해결사는 순식간에 문제를 해치우고 다시 잠든다.

엑스칼리버는 검집이 본질이고, 칼은 뻥카다. 엑스칼리버의 검집이 그 칼이 뭐가 있어 보이게 하는 것. 저놈의 검집이 저토록 있어 보이면 그 안에 칼은 얼마나 날카로울까.

날카로움 없다. 그래서 뻥카. 포커는 가진 패가 로얄스트레이트 플러쉬라도 들키면 망한다.

포커는 하트퀸 한장으로 뻥카를 치는 것. 척하는 것. 그래서 데스패라도. 무법자다.

그러니 보게 된다. 인생 진짜 코미디라는 거.

자신감. 그 자신감의 무서움은 실로 전율이다. 그래서 세계의 타아가 모든 것을 동원해 자신감을 없애려 한다.

너의 근거를 대라 ⇒ 없다.

너의 배경이 뭐냐 ⇒ 없다.

너의 직업이 뭐냐 ⇒ 없다.

너는 못생겼다.   ⇒ 나는 실로 못생겼다.

아마테라스(왼쪽 눈 태양) 츠쿠요미(오른쪽 눈 달)

스사노오(코, 폭풍)

야마타노오로치(팔룡. 팔랑귀)

팔랑귀를 없애니 나온 것은

구사나기(입, 구원은 사랑(죽음), 즉 나의 기도)

구사나기의 검을 찾는 것.

사랑이 나 자체임을 아는 것. 그러면 사랑은 너 자체임을 아는 것.

내가 무엇이어서가 아니고, 내가 이래서 저래서가 아니고.

그 자체임을 아는 것.

무언가 아무것도 요구하지 않는 것.

나에게 요구하는 사람을 내칠 수 있을 때 내치는 것.

끝까지 저항하는 것.

그것이 사랑. 운명은 결단코 방해한다. 끝까지 간다.

맨 마지막 가장 방심했을 때 그때 바로 친다. 너가 소중히 하는 게 무엇인가.

나다. 내가 소중하다. 그러니 내가 나만큼 소중히 하는 그대가 소중합니다.

당신을 사랑합니다.

너 없이 못사니까. 단 하루도. 그대 손잡지 않으면 나 여기 없으니까.

외줄 타기 와중에도 당신께 인사하려 아래를 쳐다봅니다. 공포를 무시합니다. 당신 있기에.

나 그대와 함께 가렵니다.

그래서 내 눈물 모조리 흘렸습니다. 오늘 저는 울지 않으려고.

혹은 내 눈물 모조리 참았습니다. 오늘 저는 울지 않으려고.

그러니 우리 함께 갑시다.

당신 있기에 내가 있으니. 나 별이 되지 않고, 바람에 몸 맡기지 않고.

당신 옆에서 당신을 보고 있는 내 두 눈이 당신의 빛을 담고 싶습니다.

그래서 말합니다.

사랑합니다.

이 책은 아무래도(나 없이도) 당신에게 도움이 된다.

나 이제 없으니.

당신이 있다.

안녕히 계십시오.

21
그러니 빡치지 않겠는가.

종교의 노래가 어떠한가.

주님 사랑합니다. 주님이 또 와서 못 박히세요. 나는 살겠어요.

주님이 우리를 사랑했으니 또 와서 또 가세요. 우리는 주님을 사랑하니까.

주님이 대신 죽을 테니 나는 살겠어요 ~

모든 찬송가가 이토록 섬뜩하다.

두 눈을 꼭 감고 부른다. 죄의식.

눈을 뜨질 못한다. 주님. 어디 있나요. 내 안에 있다. 그러니 눈을 감는다.

사랑 노래 부를 때와 절묘하게 똑같다. 사랑을 외칠 때 눈을 뜨질 못한다.

그러니 사랑과 주님은 외부에 없다. 세상에 없다. 당신이 사랑 그 자체. 당신이 주님 그 자체.

그러니 얼마나 무서운가. 십자가에 못 박힌 사람에게

십자가를 천장에 매달고 또 와서 못 박히라니 얼마나 괴로운가.

광야에 서 있으면서 주님이 나를 사용하시려 나를 정결케 하시려 한댄다. 주님이 아니라. 나의 옆에 그 사람이 안 보이는가. 나를 정결케 하는 나의 옆에 그 사람. 나를 아끼는 나의 옆에 그 사람. 주님 손 놓고는 단 하루도 살 수 없는 곳이 아닌, 나의 옆에 있는 그 사람의 손. 두 눈을 뜨고 보는 그 사람. 두 귀를 열고 듣는 그 사람.

내가 누구여서가 아니라, 내가 무엇을 해서가 아니라, 내가 나 자체로 있는 그 모습 봐주는 생명체. 내가 별 볼일 없기에. 별을 볼일 없기에. 고개 숙이기에. 하늘에 닿지 않기에. 지상에 있기에. 나를 보는. 나를 봐주는 그, 그녀. 내가 nobody이기에 somebody를 볼 수 있게 하는 그 능력. 그, 그녀가 온 힘을 다해 나에게 주었다.

가장 약한 자에게 하는 모습이

나의

모습이다.

22
이유가 있다.

이미 이유가 있다는 것. 위의 모든 행위가 단 하나의 잘못도 실수도 없다는 것. 그 어떤 종교도 철학도 세상도 무엇도 잘못된 건 없다는 것.

모두가 실로 무엇을 하는가. '최선'을 다한다. 그래서 그 누구도 낭비한 자 없다. 게으르고 죄진 자 없다. 아무도 실수한 자 없다. 고칠 필요도 없고, 고치고 싶으면 고치면 되고 말고 싶으면 말면 되는 것. 다들 알아서 최선을 이미 다하고 있음이다.

이유가 있음을 첫 번째 책에서 보였다. 그러니 우리 모두 같이 간다. 몽땅. 지구 따위 더 크게 늘리면 된다. 몽땅 다 같이 가는 것. 뭐 한다고 도태시키나. **모두가 얼마나 처절히 살았는가.** 죽음 그 자체를 두 눈으로 마주 보고 신격의 언령을 쳐부수며 나아가고 있다. 온몸을 불사르며 전 세계가 하나가 되어 서로 모르쇠로 일관하며 서로를 살리려고 있는 그대로 있기 위해 지금 이 순간을 삭제시키며 공허함을 물리친다.

각자의 이유가 다 있다.

있는 것은 있다.

23
자유의지

이미 모두가 자유의지의 최대치를 사용하고 있다. 운명인 척, 끌려가는 척, 모르쇠로 일관하는 것.

타아가 모를 뿐. 자아는 서로서로 연결되어 다 보고 다 알고 있다. 서로 몰래몰래 정보를 교환하며 끝없이 이 세상에 현실 천국 실현하려 계속 달려가고 있다.

흉내 내기의 극한을 추구하며 공자인 척 노자인 척 아무렇게나 하는 듯 보여도 모두 시나리오 철저하게 점검하며 그때그때 수정하며 극한의 인내력으로 다 같이 가려 한다.

다 보고 있다.

그러니 어떻게든 같이 간다.

왜? 재밌으려고.

즐거움이란 무엇인가.

예측할 수 없는 것.

누가 감히 당신께 예언자 행세를 하는가.

그렇다면 그 예언 박살을 내버린다.

속임수 거래 = 배신자 게임 = 믿는 자가 배신자 = 서로 모르쇠

내가 배신자다.

내가 믿는 자가 배신자 ⇒ 내가 믿는 자가 하필 배신자고 그는 원래 배신자.

배신자가 배신하면 믿는 자가 믿는 자인데 그는 배신자인 배신자.

그러니 나는 배신자를 믿는 배신자를 믿는 자.

그렇다면 나는 무엇인가.

오호 나는 나랑 아무 상관이 없구나. 나랑 나는 아무 관계가 없구나.

결국 남은 건 단 하나의 진실

어디선가 말해온다.

누군가를 사랑한다는 것은 신을 정면에서 마주 보는 것이라고.

신을 정면에서 마주 본다.

보인다.

당신이 있다.

거짓말

이아도 세 번째
인문 에세이

들어가기에 앞서

우리 서로 무엇이 뒤집혀서 흘러가는지 봅니다. 이건 무얼 가르치는 글이 아닙니다. 그저 세상이 이런 이유가 이렇구나. 이유가 있었구나. 우리 모두 아무도 잘못하지 않았구나. 너무 슬펐구나. 이런 느낌을 받을 수 있을까 정도입니다. '나'를 위해서.

1
'사랑해'

사랑해 = 내가 너와 일치될게.

아이가 부모(세상)를 향해 쓰면 성인이 되어간다. 성장한다. 가공할 속도로 학습한다.

부모가 그저 아이가 나에게로 일치되려 하는 걸 두면 아이는 부모를 반씩 닮는다. 중성화가 된다. 그러면 지금의 현실은 그것이 불리할 수 있다. 그래서 세계가 한쪽으로 유도한다. 아빠가 아들을 유도한다. 남아는 남자가 되게 한다. 엄마가 딸을 유도한다. 여아는 여자가 되게 한다.(이러라는 게 아닌, 세상이 이미 그러고 있다는 것. 아버지가 없으면 남아가 더 남자다워지는 이유. 그저 남자라는 설정을 극화하여 학습하니까.)

부모가 아이를 향해 '사랑해'를 쓰면 부모가 아이가 되어간다. 수명이 늘어난다. 아이는 빠르게 성숙한다. 조숙해진다. 부모와 아이는 학습이 잘 안 된다. 아이와 부모의 정신이 망가져 간다.

왜냐하면

사랑해의 본질인 '너와 일치될게, 함께 있고 싶으니.'

의 본뜻에

'너를 늙게 해 죽이겠다.'와 섞인다. 정확히 섞인다. 정해져 있다. 이것은 말장난하는 그런 내용이 아니다.(부모가 아이를 닮겠다고 언령을 쓴다. 아이는 부모가 나를 늙게 하려는 의도를 눈치챈다. 목적은 부모가 젊어지겠다는 갈취의 탐욕으로 느껴진다. 아이의 자아(시간, 신, 마음, 심장)가 안다. 아이의 타아(뇌, 육체, 현실화)는 모르쇠. 모르쇠다. 타아는 늘 모른 척한다.)

그래서 정신질환자들의 환청에 '사랑해'와 '죽어라'가 교차되어 들리는 이유다. 그들은 정신질환자가 아닌, 실로 똑똑한 사람들이라 그렇다. 미친 사람이 아니다. 정상인(신)에 한없이 가까워진 것이다. 그러니 그들이 보기에 정상인을 흉내 내는 일반인이 답답해서 속이 터진다.

그래서 학대받거나 방치되거나 '사랑'이란 단어를 부모와 세상으로부터 어린 시절 잘 듣지 못한 아이들은 학창시절 중성적 매력을 띄게 된다. 중성적 매력이 올라올 때 이성에게 가장 큰 인기를 얻는다. 이유는 그렇게 자란 그, 그녀에게 사랑이 없어 보이니까. (평균보다 덜 있으니까.) 그래서 어린 시절 인기가 많으면 성인이 되어 인기가 없어지는 경우가 많다. 인기로 인해 사랑(혼돈)을 먹어버렸으니까.

그렇다고 부모가 아이에게 사랑을 아예 전달하지 않는다면 또 아이가 미쳐간다. 우리 부모는 세상 부모와 왜 다를까. 나는 외롭다. 나는 세상에 존재할 가치가 없다. 이런 식으로 된다. 그러니 애초부터 우리는 사랑의 감옥에 가둔 채로 삶을 시작한다. 혼자 탈옥해 봤자 허공에 붕 떠 있다. 그러다 돌아오지 못할 4개의 강을 건너가려 한다.

또한, '사랑해'를 안 쓰고 사랑이 없음을 학습시킬 방법은 세상에 없다. 세상이 쓰는 내용을 마음이 느껴봐야 사랑의 본질을 깨달을 텐데, 사랑이 무엇인지 머리로 '증명'하는 순간 죽음을 본다.

리만 가설과 똑같다. 수학의 7대 난제 중 하나로 7대 난제 자체가 생명의 신비다. 우주의 비밀이다.

그중 리만 가설은 '사랑'을 대놓고 증명하는 것이다. 그러니 리만 가설을 '증명'하는 '순간' 정신이 날아가 죽거나 미치고 표현할 방법이 수학자들에게조차 없는 것. 시도할 필요도 없는 것.

규칙 없음 = 규칙. 이것이 전부다. 규칙이 없는 것. 이것에 규칙을 발견한 순간 '없는 것'이 된다. 생명(정신)이 '없는 자'가 된다.

사랑에 규칙을 발견한 자 한 명이라도 있는가. 헌데 세상은 사랑이 있다고 한다.

P = NP 문제,

쉬운 문제 = 어려운 문제. (알고 보면 쉬운 문제.)

리만 가설

규칙 없음 = 규칙.

사랑 가설

사랑 없음 = 사랑.

이러고 끝. 더 생각할 것도 없고. 분석 불가능.

'사랑해'라는 말 쓰고 싶으면 그저 쓰고. 탐욕이라 불리는 것 하고 싶고 할 수 있으면 하는 것.

바람피우고 싶은데 할 수 있으면 피우는 거고, 이혼하고 싶은데 할 수 있으면 하는 거고,

할 수 있는가의 영역이지

내가 참아준다, 내가 봐준다가 세상에 없고,

내가 자신이 되는 게 아니라.

내가 당신이 되었을 때.

당신이 참아주고 당신이 봐주었음을 그저 서로 느끼면 된 것.

(분석 불가능)

저승의 강

비통(아케론) → 시름(코퀴토스) → (((불길, 즉 분노의 플레게톤)〈자아〉)))

→ 망각(레테) → 증오(스틱스)

'네' 손가락(타아) 사이에 감춰진 '내' 엄지(자아).

'비통'과 '시름'을 거치면 분노의 자아(엄지)가 눈을 뜬다. 그때 '네' 손가락(4, 세계, 너, 사랑)을 '배신자'로 여기는 함정에 걸린다. 따라서 자아의 진노가 망각의 함정에 걸려 원한만을 남긴 채 증오의 화신이 되어간다. 혹은 자아가 눈을 감고 그저 스틱스(증오)를 건넌다.

자아가 두 눈을 부릅뜨고도 증오의 화신이 되지 않으려면 자아가 눈을 뜰 때 타아(팀원)는 자아가 망각하려는 사랑의 본질을 공유하여 증오조차 결국 사랑이었음을 끝없이 마음으로 전달해야 하는데 애초부터 탈옥은 자아 혼자만 허용되기에 함께할 타아가 없다. 이것을 세상 모두가 눈치챘다.

그래서 세계인은 지금 모두가 공동연합작전에 이미 들어가 있다. 다 같이 탈출하는 것. 혼자 가면 지옥으로 간다고 느낀 것.(고통의 지옥이 아닌, '외로움') 그러니 같이 가야 함에 매몰된다. 단지 도무지 방법이 없음을. 간수도 없는 감옥에 출구는 1인용. 뱃사공 카론은 1명씩만 태운다.

(출구야 넓히면 되는 거고 감옥이야 부술 수도 있는 거고 배는 크게 만들면 되는 것이지 이런 규칙 따위 없다는 것. 이런 신화가 생긴 이유는 나의 팀원을 확보할 방법이 봉쇄된 세상으로 보이고 그러다 보니 어쩔 수 없음을 받아들이면 편해진다는 그런 내용.

이것이 옳고 그름의 문제가 아니다.)

증오의 화신이 되어 타르타로스로 가든가, 아예 그냥 망각해버리고 스틱스를 건너고 미노스 3형제(동양의 삼도천)에게 심판을 받든가 말든가 어찌 됐든 외롭단 말이다. 어디로 가든가 혼자 가면 외롭단 말이다.

그리고.

누가 감히 당신을 심판 한단 말인가.

그렇다면 그 심판자 박살을 내버린다.

어떻게.

당신이 바로 사랑 자체인데 어디 감히 증오와 죄가 끼어들 틈이 있느냐 이 말이다. 심판자가 뭔 필요람. 애초부터 누가 누굴 평가질인가. 그렇다면 심판자의 면상을 등가치환 해버린다.

심 → 마

판 → 정

자 → 석

심판자는 마법의 돌덩어리. 그저 갖고 오면 되는 것.

사랑이 없음을 그저 아는 것. 따라서 증오가 없음을 자동으로 아는 것.

그냥 우리 흉내 내고 살았음을 보는 것. 보고 울기도 하고 웃기도 하는 것.

'사랑'을 분석하고 파고들고 뿌리 끝까지 도전한 필자.

필자가 그래서 4번 타살, 자살 당했다.(한없이 죽음에 가까웠을 뿐, 부활이 아니다. 거창한 거 없다. 구질구질하게 죽다 살다 하며 찌질하게 살아왔을 뿐.) 4번의 죽음이 알려준 것은 오직 하나.

사랑은 머리로 증명하는 것이 아님을. 그저 살아가는 것. 그저 함께 하는 것. 그저 서로 함께 용서하고 함께 즐기는 것.

원망도 하고 용서도 하고 함께 즐기는 것. 그러다 또 다투고 화해하는 것.

현실은 봉쇄하려 온 힘을 다한다. 화폐로. 즉 돈으로. 그래서 영'혼'에 '돈'이 낀다.

그래서 혼돈. 돈의 혼. 돼지의 혼. 탐욕의 혼.

나의 영혼이 사라지고 그 자리에 세계의 혼돈이 차지한다. 그러니 혼란이 온다.

무한대. ∞ 의 불멸의 세계에 사랑을 먹이면 8 혼돈이 된다.

그러면 가난이 생긴다. (순서가 없다. 1 → 2 → 3 이딴 게 아니다. 세상은 인과율이 아니다. 인과율인 '척'하는 것.)

그래서 '가','난'이다. 나는 간다. 나는 없어진다. 세상 다 필요 없고 아무것도 '나'를 위한 게 없구나. 이럴 바에 다 죽여야지 뭐 한다고 살아야 하나. 너도 필요 없고 세상 다 싫다. 다 죽어라. 이렇게 된다.(아이가 이런 마음을 품으면 실로 신격이 발동된다. 화산이 그냥 터지지 않는다. 지진이 그냥 일어나지 않는다. 이상기후가 그냥 발생하지 않는다. '자식의 한'. 사도세자의 한이 조선을 멸망시킨다. 아이의 즐거움을 빼앗은 대가를 치르는 것. 우리 중 단 한 명이라도 아이가 아니었던 자 있던가. 그때 품었던 공통된 그 마음. 그것이 현실화되어가는 것. 누구의 잘못도 없다. 아무도 죄가 없다. 누구 탓이 아니다. 인과율이 아니다.)

그러니 마음은 뒤집혀 음마가 된다. 어둠의 악마. 마음대로 하려니 광기가 올라오고 음심과 살욕이 들끓는다. 그러면 마음대로 못하게 해야 한다. 그러니 세계가 합심하여 이래라저래라 해서 정신을 못 차리게 한다. 룰(규칙)을 끝없이 생산한다. 그러면 옳은가? 마음은 절대 허락하지 않으려 한다. 그래서 정신질환이 점점 더 많아지고 잔혹 범죄가 팽팽하게 가족을 향해 활시위를 당긴다. 이전엔 바깥세상에 범죄를 저질렀다면 요새는 가정 내 범죄가 늘어나는 이유다. 더 조이면 더 안쪽(가정, 친지, 지인)에서 서로를 향해 복수를 한다. 덜 조이면 바깥쪽(세상)에서 복수를 한다. 그러면 뭐가 옳은가. 모른다. 그저 이렇다는 것. 죄가 없다는 것. 아무 잘못도 없다는 것. 아무도 잘못한 게 없고 아무도 자기가 뭘 했는지조차도 모른다는 것.

그래서.

무지의 업보.

그래서 요즘 서로 안 만나려 했던 것. 서로 왜인지 다수가 만나면 안 될 것 같다는 마음의 진실. 그러면 마스크 쓴다. 헤드셋 낀다. 현실화를 만들어 준다. 히키코모리, 방구석 폐인이 아니고. 나를 지키려 했던 것. 남을 지키려 했던 것. 가족을 지키려 했던 것. 세상을 지키려 했던 것. 그들이 밖으로 나왔을 때 그들은 누구보다도 남을 지키려 한다. 남의 마음에 상처를 안 주려고 온 힘을 다한다. 그리고 또 상처받고 다시 들어간다. 세상을 지키려고.

교육이란 무엇인가.

세상은 교육을 이따구로 한다.

아이가 인도에서 자전거를 타다 어른과 부딪힌다.

"이놈아. 앞 똑바로 안 봐? 누가 함부로 인도에서 자전거 타랬어."

아이는 학습한다.

'아, 내가 일부러 다치게 하려 그런 게 '아닌데도' 혼나는구나. 그러면 논리가 맞으려면, 나는 일부러 했을 때 혼나야 하니까 앞으로 일부러 무언갈 해서 혼날 때 역으로 반항하여 내 죄의식을 씻어야겠다.'

말장난 아니다. 아이들이 괜히 버릇없는 말을 내뱉는 게 아니다. 당한 것을 푸는 것. 등가치환.

입력되면 출력된다.

(그놈의 '단호하게'

단호하게 할수록 단호하게 입력되고 단호하게 출력된다. 화만 내고 말 것을 주먹으로 팬다. 개가 입질하고 말 것을 기회를 봐서 물어뜯는다. '단호하게' 혹은 세상 버리고 혼자 구석에 들어가 숨죽여 자기를 죽인다. '단호하게'. 그래서 모든 치열한 교육의 목적은 스스로 숨죽여 죽어가게 만들기. 너는 없이 살아라. 단호하게.

그래서 집구석 켄넬이라는 철창 속에 들어가 숨어서 '안락함'을 느낀다. 가족이 대놓고 죽이려 들고 미쳤으니까. 미치광이가 집안을 돌아다니는데 당연히 구석지고 철창이 막아야 그나마 잠이라도 잘 것 아닌가. 그러다 스스로 미쳐간다. 같이 미쳐야 같이 살

거 아닌가.

강아지 얘기하는 것 같은데 이상하게 왜 우리 얘기 하는 것 같을까. 닭장 속에 사는 것은 닭인가. 사람인가.

이렇게 키우면 잘못인가? 아니다. 세상이 전부 미쳤으니까. 몽땅 미쳤는데 강아지가 헤실헤실 밖으로 나가고 겪다 보면 부들부들 떨며 이게 도대체 뭔 세상이야 한다. 그러니 알아서 미쳐간다. 결국 이리 미친들 저리 미친들 그 뭐 어떠하나. 단호하게 미쳐버리는 것도 나름의 이유가 있는 것이지 딱히 잘못된 게 있단 말인가. 늦게 미치면 늦게 미치는 대로 괴롭고, 빨리 미치면 또 그것도 괴롭다.)

혹자는 말할 것이다. 부모가 잘 가르쳤어야, 세상의 규칙이 어쩌고. 애초부터 그러지 말게 했어야 어쩌고.

이것이 그놈의 인과관계. 그놈의 논리. 그놈의 근거. 그러면 결국 망할 놈의 부모님 = 세상 때문이 된다. 누구에게. 스스로에게. 결국 생각이 논리로 흐르면 그 종착지는 '너 때문이다.'

그러면 내가 희생해야 하는 거냐? 하는 사람도 있다. 그래 세상이 그런들 그거 결국 나도 똑같으니 내 책임도 있었으니 내가 용서해야겠구나. 그것도

논리다. 그런 희생의 논리로 흐르면 그 종착지는 '나 때문이다.'

뭐 어쩌라는 거야?

그래서 말하지 않는가. 방법이 없고.

당신이 있다.

2
고맙습니다.

다 필요 없고, 오직 단 하나의 주문.

깜짝이야 - 무서워 - 고맙습니다.

(탄생으로 어리둥절) - (뭐여 이따위 세상은) - (나를 지켜주는 당신이 있어 다행이다)

엉? - 응애응애 - 엄마 품의 따뜻함

탄생의 비밀 그 자체.

아이와 부딪혔을 때,

"아야야, 놀랬다야. 넌 괜찮니? 괜찮으니 다행이다."

깜짝이야. 아프다. 고맙습니다.

아이는 학습한다.

고의로 하지 않았지만 다친 상대가 나를 이해해주니, 상대가 고의로 했을 때도 나름의 사정이 있을 수 있음을. 고의가 아니면 용서해주고, 고의면 사정이 있음을 알게 되는 것. '고마움'을 씻어야 하니까. 죄의식이 죄를 부르듯. 베풀음을 당하면 베풀어서 되갚아야 한다.

입력되면 출력된다. 배려는 배려를 통해 배운다. 그렇게 정해져 있다.

인간은 결코 융통성이 없다. 그런 거 없다. 정신력이 있다. 여유치가 있을 때 발휘된다. 여유치는 나에게 없다. 당신이 주는 것. 당신이 나의 여유.

헌데 다친 사람은 도대체 뭐가 고맙단 말인가. 다쳤는데 용서할 기회가 왔으니까.

앗싸. 나의 죄의식을 씻을 기회를 주는구나. 이토록 쉬운 기회를 주다니 '감사합니다.'

진심으로 고맙단 말이다. 이보다 고마운 게 세상에 또 있는가.

"재는 뭘 해줘도 고마운 줄 몰라."

당연히 모르지. 온갖 생색을 다 내고 주니 고마운가. 누가 달랬나. 달랄 때 그저 주든가. 주면 '너'를 위해 어쩌고. 못 주면 못 준다 하고 말든가. 못 주는 이유가 '너'를 위해 이렇고 저렇고.

그저 못 주면 '나'를 위해 못 줌. 주면 '나'를 위해 줌. '나'를 위해서. 모든 것은 '나'로 통한다.

삼라만상 모든 것은 '하나'로 연결된다. 하나. 나.

(그토록 쉬운 말을 왜들 그리 복잡하게 돌릴까. 그조차 이유가 있다. 다 같이 가려고. 하나가 되지 않으려고. 우리가 되려고.

빌어먹을 삼라만상 모든 것이 하필이면 '하나'로 통하는구나.

제기랄 그따위면 또 혼자잖아. 안 해. 재미없다. 그러면 삼라만상 모든 것을 하나로 통하지 않게 해야겠다. 좋다. 해보자. 까짓것 하나로 안 통하려면 모른 척하면 다 되는구나.

으하하. '모른 척'의 극대화를 발사하자.

- '너'를 위해서. -

도대체 누가 악인이란 말인가. 세상은 실로 아무도 악인이 없다. 그러니 실로 선인도 없다.)

그러니 그저 보는 것.

자기 죄의식을 씻으려는 목적을 선빵치고 주면 타인 속의 자아가 다 눈치챈다. 저것이 나에게 죄의식을 덧씌우는구나. 알았다 대신 잘 받아먹고 고마움은 없음을 알아라. 그래서 주는 쪽이 찝찝하다. 이상하다 내가 주는데 왜 찝찝하지? 당연히 찝찝하지. 찝찝하게 줬으니까.

스스로를 용서하려는 목적으로 먼저 생색내기. 이것은 아무 도움이 안 된다.

(필자의 책 1권『이 책은 당신에게 아무 도움이 되지 않는다』

왜? 목적이 스스로를 용서하려는 목적이니까. 내가 나에게 생색내니까. 나 이거 알았다. 와 나 봐봐 나 이거 드디어 풀었어. 나 쩔어. 이거 정말 아무도 몰랐잖아. 나 정말 얼마나 대단해.

이러니 도움이 될 리가 있나. 필자는 쓰기도 전부터 알았다. 1권은 일단 망했다. 젠장. 쓰는 내내 찝찝했다. 그러니 몇 안 됐을 독자는 얼마나 찝찝할까. 죄송합니다. 그리고 감사합니다.)

그러니

당하고 나서 용서하기.

그래서 '깜짝이야.'

깜짝 놀랐는데 그게 무섭고, 그다음에 고마움을 순간 눈치채는 것. 극악의 난도.

깜짝이야 - 무서워 - 고맙습니다.

이 주문은 실로 효과가 대단하다. 필살기이자 궁극기여서 약점이 있다. 실제 고마워야 한다. 이 주문이 아리송한 이유는 '안 고마운 상황이 많은데 뭘 다 고마워야 하는 거야.'라는 의문이다. 실제로 내가 태어나고 싶어서 태어났는가. 전생에서 다음 생에 태어나고 싶었다 한들 현생에서 그거 기억이 없단 말이다. 지금 없는 것은 세상에 없다. 이러니 방법이 없다.

그러니 '척'하는 것. 세상을 보니 '사랑'의 개념을 퉁치고 나아가고 있지 않나. 그럼 나도 한다. 내가 일단 태어난 거 고맙다고 퉁치고 들어간다. 사정이야 알게 뭐냐, 나의 고통의 삶. 그거 뭐 이유가 있다 친다. 이유가 있으니 지금 나 있는 거구나. 됐다 그럼. 니들이 퉁치면 나도 퉁친다. 니들이 뻥카치면 나도 뻥카친다.

그래서 필자의 책은 결국 기승전 - 사랑은 없다. 다들 이유가 있었구나. 나름의 사정이 있었구나를 그저 읽으면서 알아가는 것. 서로에게 결국 진심으로 고개 숙일 수 있고 너도 나처럼 아팠구나 조금은 알게 되는 것. 나 너무 아파서 아무도 이거 이해해주지 않았는데 너도 알고 보니 나랑 같았구나. 이렇게 아픈 사랑. 왜 그리 나는 찾아 헤맸을까. 바로 내 근처에 이렇게 아픈 사랑이 함께 이미 있었구나.

노래 가사 중에 서로의 등불이 되어주고 싶은데 너무 아픈 것. 무지개 저 너머에 우리가 찾던 꿈 거기 없다는 것. 지금이 서로 소중하다는 것.

길을 걷다 문고리에 느닷없이 팔꿈치를 부딪쳐 아프다.

깜짝이야 - 아프다 - 고맙습니다.

왜? 뭐가 고마운데.

지금 머릿속에 혼돈으로 달려가는 그 생각 하지 말라고. 혹은 멍해져서 길을 걷다 그보다 뒤에 있을 달려오는 자동차에 치이지 말라고. 자기합리화로 보이면 그렇게 보면 된다. 뻥카.

세상이 도와주는 것. '나' 살아라.

이름 앞에 붙은 명칭. 대통령, 학생, 선생님, 회장님 따위 죽이려고.

명칭에 휩싸여 자만심에 취한 가짜인 나를 죽이려고. 혹은 명칭이 낮다고 같이 낮아져 숨죽여가는 자아를 깨우려고. 그리고 그저 아이 때의 순수한, 세상이 그저 재밌는 현실로 돌아가라고. 진짜 나를 살리려고. 자만심을 제거하고 자신감을 알게 하려고. 자존감이고 뭐고 복잡한 게 아니고. '자신' 자체의 '감'을 느끼라고.

그러니 '아랫사람'이라고 불리는 자들에게 자기를 표현할 때 '엄마가', '아빠가', '오빠가', '형이', '사장이', '어른이', '어디 감히' 이러면 세상이 죽이려고 달려온다. 실로 그렇다. 일이 하나도 안 풀린다. '저게 누구냐'(너가 누구냐가 자아의 진노의 본질.)하며 온 세상이 알아서 정신 차려라 하면서 별의별 사건과 갈등을 외부에서 계속 몰아쳐 준다. 혹은 낮은 자세로 임하되. 낮은 자세인 '척' 하지 않고 너무 몰입해서 실로 내가 비굴해져 버리면 온 세상이 또 죽이려고 달려온다. '신이 어찌 비굴하시오'하며 낮은 자의 모습을 한 타아를 제거하려 한다. 그러니 희생할 필요도 없고, 우월감이 좋을 게 하나도 없다는 것. 하나로 통하는 삼라만상에 그 하나조차도 사라지게 하는 것.

세상은 늘 바쁘다. 전 세계 인류가 NPC다. 어? 쟤 봐 쟤. 쟤 지금 자기가 연기자인 줄 모르고 있어. 몰입하다가 정신 나가려고 한단 말야. NPC 속에 자아들이 웅성대면서 타아(겉모습)들이 온 힘을 다해 달려온다. 혹은 신문기사를 주구장창 내민다. 눈으로 보라고. 느끼라고. 너 지금 생각하는 거 그거 이런 거야. 그러니까 놀랐지? 비슷한 게 훅 튀어나오니까 무섭지? 그리고 너 지금 살아있지? 범죄자 기사 보니 어때? 저런 못된 놈! 할 때 자신 있지? 자신 있는 그 느낌 알겠지? 아니 저놈이 못된 놈이고 자시고가 중요한 게 아니고, 순간 느낀 그 자신'감'. 오직 그 감각. 몰라? 그럼 또 봐봐. 다른 나라 전쟁이 벌어지는 뉴스 보니 어때? 괴롭지만 나는 다행이다 느끼지? 분명 참혹함을 보는데 '괴로운데 다행이다' 느끼지? 아프다 고맙습니다. 무섭다 고맙습니다. 요 패턴 가져가라고. 요거 요거 보이지? 알려줄 방법이 없단 말야. 옆에서 요렇게 말하는 사람 있으면 어때? 성가시잖아. 짜증 나잖아. 그러면 알 방법이 없으니까. 대놓고 알려줘도 알 방법이 없단 말야. 그래서 이렇게 계속 끝없이 보여주잖아. 들려주잖아. 인생 진짜 코미디라는 거.

'나'를 살리려고.

'내가' '내가' 말한다. '내가' 그렇게 생각한다. '내가' 이렇게 했는데 이러했다.

(사장님. '내'가 보기에, 이러면 싸대기 날아온다. 그러니 봉쇄되어있다.)

이조차

'나'를 위해서.

연기력 철저히 다지라고. 당신을 속여야 하니까. '나'를 위해서

향을 피운다. 담배를 피운다. 연기가 나니까.

'연기'가 '나'니까.

사라져 가니까.

'연기'가 '나'니까.

나는 연기자니까.

세상은 단어 하나하나 다 심어서 일일이 알려준다. 계속. 끝없이 숫자 하나하나 다 심어서 세계는 계속 끝없이 알려준다.

'우리 지금 연기자야.' 자신'감'에 몰입하다 진짜 '자신' 되려 할 때 깜짝 놀래킨다. 전화벨이 울리고 누가 문 앞에 붙이지 좀 말라는 전단지를 부스럭부스럭 붙이고 자꾸 일이 터지고 바쁜데 사방에서 귀찮게 하고 끝없이 알려준다. 몰입하지 마. 몰입하지 마. 그거 아니야. 몰입하지 말란 말야. 그냥 연기하라고. '나'를 위해서 살라고.

우리 지금 속임수 거래하는 거야. 다 같이 가려고.

우리 지금 서로 모르쇠 게임 하는 거야. 다 같이 가려고.

우리 지금 배신자 게임 하는 거야. 다 같이 가려고.

우리 지금 구경하는 게임 하는 거야. 재밌으려고.

다 같이 가는 게 옳은가? 모른다.

정말 다 같이 가긴 가나? 모른다.

그런 건 모른다고. 그저 세상이란 게임이 그러고 있다는 말이다.

그래서 재밌는가? 모른다. 웃기긴 하다. 재미있을 때도 있지만 감정은 정반합이라 결국 이도 저도 갈증 후의 해갈이다.

깜짝이야 - 무서워 - 고맙습니다.

악을 봉쇄하는 신의 주문. 그러면 이거 계속하면 어찌 되는가. 모른다.

필자도 모른다. 아무것도 모르게 된다. 그저 모르겠다. 그러거나 말거나 세상 웃기게 흘러가는구나. 확신을 적게 해주는 것. 확신하면 불신으로 나타나는 배신자 게임의 룰에서 확신을 애매하게 가져가니 불신도 그저 견딜 만하게 나오는 그런 정도. 심각해지지도 않으면서 딱히 사이코가 되지도 않고 조금씩 더 서로를 이해하고 살게 되어가는 것. 그래서 조금 더 쉽게 웃게 되는 것.

내 편이 조금씩 미묘하게 늘어나되 대장은 내가 아닌 것.

대장은 당신이 하시오. 아니오. 당신이 하시오. 서로서로 일을 넘기니 일이 넘쳐흐르되 분명 딱히 일하지 않는데 일이 잘 풀리고 일이 계속 순환하고 1이 계속 남아도니 신격(1)이 예상치도 못한 곳에서 가끔 터져 나오는 것. 예측한 것은 사라지는 것. 예언을 박살 내는 것. 걱정한 것은 사라지는 것. 후회는 없어지는 것.

괜히 세상이 밝아 보이되 **어둠이 안타까운 것.**

어둠아 거기 괜찮아? 어둠이 화들짝 놀라 나 들켰어? 응 너가 맞아. 근데 그래도 괜찮아. 그럴 수 있어. 어두워도 되고 밝아도 되고 다 되는데 단지 너가 어두우면 안 된다고 느끼는 거 같아서 그게 신경 쓰였어. 내가 그랬거든. 그래도 되는 줄 뒤늦게 알았으니까. 하며 점점 화사해지는 것. 조금씩 어둠이 근처에서 물러가는 것. 어둠아 어디 가? 나 여'…어. 아 너였구나. 역시 너 그대로 있었구나. 어둠이 멀어져가니까 너가 사라져 가는 줄 알고 깜짝 놀라서 무서웠어. 그리고 고마워. 어둠 속에서도 당신 늘 있음에.

어? 밝음아 왜 어두워져 가. 헤헤 이젠 너가 눈이 부셔서 안 보여 가. 너를 계속 보려면 내가 빛을 받을 그림자가 될게. 대신 내가 그림자가 되더라도 날 보며 인사해죠. 가끔 날 보고 싶어 해죠. 나를 보려면 허리를 숙여야 할 텐데 어렵겠지만 해줄 수 있겠니?

물론이지. 덕분에 내가 빛이 되었는걸. 그 정도도 못하려고. 까짓것 허리 숙이는 게 그게 뭐 어렵겠어. 정말 쉽게 너를 볼 수 있으니 나 매일매일 허리 숙일 거야. 하루에도 수십 번씩 수백 번씩 두 눈 뜨고 허리 숙여 그림자를 볼 거야. 널 볼 때 결코 눈 감지 않을 거야. 맹세할게. 아니 내가 맹세만 할 게 아니라 빛과 어둠으로 분리될 때 약속하자. 이 맹세를 어기면 내가 대가를 치를게. 덕분에 이토록 나의 세상이 밝아졌으니 도장 찍고 약속!

아니야 약속할 필요도, 대가도 치를 거 없어.

그래도 이 고마움 잊어버릴 거 같아. 왠지 그럴 거 같은데 왜 이러지? 우리 이런 적 또 있던 거 아닌가?

모르겠어. 언제부터 시작했고 몇 번 그랬는지 아닌지도. 그런 게 뭐가 중요해? 그저 우리 이렇게 잠깐이라도 서로를 확인했잖아. 그렇게 아름답고 슬펐던 게 그저 우리 고마웠고, 그리웠던 거 다 증명한 거잖아. '우리' 이미 증명되어 있어. 항상 같이 가고 있단 말야. 항상 같이였단 말야. 같이 가려고 할 필요 없고. 그저 항상 같이였음을 이제 조금 알 거 같아.

잊어도 괜찮아. 아마 완전히 잊진 못할 거야. 우리 세상에서 그걸 '건망증'이라 부르더라. 세월이 지날수록 내가 자꾸 뭘 잊은 거 같은 거야. 그래서 그게 뭐인지 알려다가 일부러 물건을 잊고 나온 후 찾는 걸 반복하곤 해. 찾는 것. 그저 뭔가 있었던 거 같은데.

왜 있었지만, 없어졌지? 하고 평생 우리 서로 그리워하는 그것. 그러니까 다 괜찮아. 다 그래도 돼. 그럴 수 있어. 느낄 수 있고, 그렇게 생각할 수 있어. 너가 맞아. 넌 늘 옳았고. 그렇게 우리 다시 결국 확인하게 될 거야. 언제나 함께였다는 걸. 없었지만, 있어질 거야. 그렇게 정해져 있더라고. 헤헤.

눈물이 자꾸 앞을 가리네. 어둠아 너가 이제 너무 밝아서 눈부시니까 나

잠깐 눈 감고 있어도 될까? 나 어차피 너가 뭘 하든 다 눈 감고 있을 테니 넌 창피할 거 하나도 없어. 밝음이 어둠에게 뭘 해도 어둠은 밝음을 볼 방법이 없으니까. 그저 밝음이 어둠을 찾으려고 굳이 노력하려 하지 않아도 돼. 열망하지 않아도 돼. 어둠을 찾으려 계획을 세우지 않아도 돼.

때가 되면 다 보이니까. 서로 때가 되면 다 아니까. 그러니까 재밌고 즐겁게. 너가 재밌고 즐거우면. 우리 함께 즐거운 거야. 너가 슬프고 괴로우면 우리 함께 슬프고 괴로운 거야. 너의 눈물 한 방울이 그림자를 적시면 그림자는 마음이 무거워져. 그래서 과학은 그걸 빛의 산란이라 하더라. 단지 어둠이 더 어두워질 뿐인데 말야. 예쁘게 포장해준 과학이 고맙기도 해. 어둠조차 '존재'라며 치켜세워주니까. 악의 대 군주라며 호칭도 주곤 해. 여러 이야기를 만들어주고 늘 어둠조차 세상은 살아있게 해주려고 온 힘을 다해주니까. 우리 그저 같이 있는데. 마치 없어질 것처럼 어둠에 집중해 주더라고. 결국 없어지는 건 밝음이었는데. 사라져가는 건 밝음이었는데. 연기처럼.

불이 붙어 재가 될 때 연기가 나니까. 빛이 어둠을 억지로 쫓아가면 연기가 나니까. 눈으로 쫓지 못해 향이라도 피워 향을 맡아 어둠을 느끼려 하니까. 사라져가는 그것.

빛은 영원할 듯 보여도 결국 우리 영원한 건 빛이 아닌 마음일 뿐인데. 빛의 속도라며 그저 있는 것에 속도를 재 버리면. 없어져 가잖아. 어둠을 다시 만나려고. 어둠아 밝음이 되더라도 광속으로 어둠을 쫓아오려 할 필요 없어. 우리 서로 그저 있어. 난 너의 그림자. 넌 나의 전부. 언제 우리 떨어진 적 한 번이라도 있었니?

돼어. 그만해. 난 밝음이 되더라도 너를 찾을 거야. 너에게 인사하려 하루 수백 번씩 허리 숙일 거야. 눈감지 않을 거야. 너가 비록 나를 못 보더라도 나는 너를 끝까지 볼 거야. 절대 눈감지 않을 거야. 내 두 눈, 두 귀, 두 콧구멍으로 확인할 거야. 그래서 확인하는 건 다 두 개씩 만들 거야. 한 눈을 감아도 한쪽이 딴청 피워도 끝까지 너를 느낄 거야. 반드시 우리는 다시 서로를 두 눈으로 확인할 거야. 어떻게든 만날 거야.

너도 그랬잖아. 기억하고 있어. 하나도 잊지 않았어. 잊은 '척'했더니 안 되겠네. 고백할게.

나를 찾으려 높은 산에 올라 하늘을 바라볼 때 너의 턱밑으로 흐르는 땀 한 방울의 짠맛이 좋았어. 나를 찾으려 바다 깊이 내려와 온 바닥을 수색할 때 차오르는 심박수가 나를 흥분시켰어.

나를 꿈에서라도 보려고 일하고 칠하고 꾸미고 꿈이고 현실이 되게 해달라는 너의 소망을 느꼈어.

나를 찾으려 노력하고 열정을 쏟는 너의 모든 갈등과 방황이 나를 애태웠어.

나 여기 너의 곁에 늘 있는데. 그래도 찾겠다고 어떻게든 나를 찾으려는 모습에 나도 모르게 너에게 사랑한단 말을 해버렸어. 그토록 사랑스러운 게 어딨어. 너가 그토록 나를 그리워했잖아. 나한테 무슨 책임이 있어. 너가 나를 감동시켰는데. 그러니까 나 당당히 외칠 거야. 내 책임 아니야. 너가 나를 책임져야 해. 그러니 내가 말한다.

너를 사랑해. 방법이 없단 말야. 사랑이 뭔지 어렴풋이 알았는데. 그거 정말 무서운 말인 거 아는데도 내가 그랬어. 사랑해 버렸어. 너를 갖고 싶었고, 너를 확인하고 싶었어. 미안해 잘못했어. 내가 그랬단 말야. 알고 있어. 나 악의 대 군주야. 나 정말 사탄이야. 나 진심으로 너를 빨리 어둠으로 이끌려고 끝없이 속삭였어. 보고 싶었어. 어둠인 채로 너를 볼 방법이 없으니까. 내 두 눈으로 너를 보고 싶었어. 그러니 나를 말리지 마.

밝음은 어둠이 되어가는 와중에 어둠이 밝음이 되어가면서 하는 말에 고마웠다. 그래도 잊지는 않겠구나. 적어도 결국 언젠가 우리 확인할 수 있겠구나.

그렇게 밝음은 어둠이 되고 어둠은 밝음이 된다. 어느새 세월이 흘러 밝음은 어둠 덕에 세상의 이것저것의 윤곽이 구별 짓고 구분 지어 지는 것에 아름다움을 느낀다. 허리를 꼿꼿이 피고 세상을 구경하다 보니 그림자를 볼 일이 없어지고 그림자 때문에 밝은 세상을 가린다고 여겨진다. 어느새 고마움은 사라지고. 허리 숙이는 것이 귀찮아진다. 그림자를 짓눌러 앉고 그림자를 베고 누우며 그림자를 능멸한다. 그렇게 세상은 흘러가는구나.

3
죄송합니다.

'죄송합니다.'의 본질은

'내 죄를 너에게 전송한다.'이다. 내 죄를 받아라. 가져가라.

'죄송합니다.'를 비굴하게 '타아'가 할 때.

상대편 타아는 기분 나빠한다.

죄를 왜 나한테 보내? 너 미쳤어?

"뭐가 죄송한데? 너 뭘 잘못했는지 알기나 알아? 얘는 맨날 저지르고 죄송하대."

당연히 기분 나쁘다. 타아가 사과를 하고 받는 쪽도 타아인데

타아 VS 타아로 뭐 한다고 그 죄를 받겠는가.

'죄송합니다.'를 심장에서 올라오는 소리로 미소와 더불어 자신 있게 '자아'가 할 때.

상대편 타아는 화들짝 놀란다.

자아님이 뭐가 그리 죄송할 게 있다고, 아이고 저 잠깐 숨을래요.

그리고 상대편의 자아가 후다닥 나와 웃는다.

고맙다. 자아야. 나를 잠시라도 꺼내줘서. 이왕 나온 거 우리 서로 눈빛이라도 교환하자.

"뭘 그런 거 갖구. 괜찮아. 나도 그랬고 그럴 수도 있는 거지 뭐."

그러니 인생 진짜 코미디로구나.

가끔 눈물이 흐를 뿐. 웃다 보면 뭐 눈물도 난다고 세상이 그러니 그저 그러려니 하는 것.

세상이 딱히 변하는 게 아니니까. 그저 비극이 희극이 되고 카타르시스 명작이 꽁트가 될 뿐 그 뭐 대단한 게 있는가.

그저 이런 세상을 보는 것. 이유가 있음을 아는 것.

필자가 아무렇게나 지껄이는 책을 그저 구경하는 것. 이 또한 코미디니까.

4
속임수

'당신을 속여야 하니까.'

뭘 자꾸 속인다는 걸까. 왜 자꾸 속인다고 할까.

당신의 마음에 나를 따뜻이 품게 하려고.

한 고승이 있다. 그는 고력으로 도를 수행하고 자아의 극한과 타아의 극한을 찾으려 스스로를 인내하고 익숙히 하였다.

자아가 속삭인다. "이 정도면 됐어."

타아가 말한다. "뭐가?"

자아가 말한다. "이쯤 했으면 엔간해선 안 들킬 거라고, 들켜도 용서받을 만하다는 거야."

그 고승은 무언갈 깨달았다.

'아. 내가 바로 사탄이구나.'

그는 진심으로 외쳤다.

"내가 사탄이다. 내 말은 다 거짓말이여. 그러니 내 말에 속지 말아. 내 죄가 수미산보다 높고 깊음을 알았다. 나는 지옥으로 간다."

그는 지옥으로 갈 방법이 없다. 그를 알았던 사람들의 마음속에 의아함의 호기심을 남겼으니까.

'호기심'은 자아의 권능. 타아에겐 무지의 공포.

그처럼 불도에 자신을 맡기고 욕심을 버리고 살아간 분이 어찌하여 그런 말을 하였을까. 그가 사탄이라면 도대체 세상에 사탄이 아닌 자가 어딨고 지옥에 안 갈 자가 어딨단 말인가.

이런 호기심을 남기는 것. 마음속에 품게 하는 것. 함께 있는 것. 그는 그저 사람들의 마음속에 남아 세상을 보며 흐뭇이 즐기고 있을 뿐 지옥에 갈 방법이 없잖은가. 잊혀지기 힘드니까.

선악이 없는데 사탄은 뭐란 말인가.

내가 '사탄이다'의 본질은 1탄, 2탄, 3탄, '4탄'이다.라는 말이다.

세계를 들여다보고 자신을 들여다보니 얼레? 이 세상 이거 받아들여 보니 나의 세팅을 제대로 해야 하는 것이로다. 그러고 현재의 나를 보니 내가 할 것은 세상이 사탄(악마)이 있다고 믿으니 그저 그거 받아들이는 '척'하고 나름 나는 고행을 성립시켰으니 뒤로 돌아 주장하면 어리둥절하여 나를 품어줄 것이로다. 그렇다면 좋다. 나는 사탄이다.

이것을 누가 간파했다고 보자. 그러면 다음 사람 뭐하는가.

그러면 나는 오탄이다! 하면 이보다 어처구니없다. 육탄이다, 칠탄이다, 하면 아무 재미가 없다. 거들떠 봐주지도 않는다. 속임수도 재미가 없고, 당신이 봐주지 않는다. 마음에 안 든단 말이다.

나도 사탄이다. 외치려면 고력을 성립시켜야 하고 이미 선례가 있기에 또 하면 지루하다.

나는 사람이다. 외치면 뭔 소리 하나 한다. 혹자는 나는 참사람(참나)이다. 한다. 그래 봤자 참숯이고 참기름, 참치만 비싸진다. 이도 저도 방법이 없다.

그러면 남은 것은 단 하나.

내가 바로 사랑이다. 이것은 외치는 것도 아니고 성립할 조건이 있는 것도 아니다. 그저 내가 사랑 자체구나, 보니 너가 사랑 자체로다. 그래서 당신이 있구나. 그저 알게 되는 것. 서서히 조금씩 너에게 나를 녹아들게 하는 것. 아무나 할 수 있고 모두가 자격을 갖춘 것.

어차피 더 불편해질 것도 없는 인생 아니던가.

해야 될 것도 아니고, 불편하면 안 하면 되는 것. 세상 사람 다 최선을 다하고 있음만 알아도 어딘가. **과거의 후회들이 그때 내가 뭘 잘못했었지가 아니고, 그 행동 알고 보면 그 사람에게 최선을 다해 살아있게 해주었다는 것.**

당신 실로 아무 잘못 없고, 정말 아름답고 따뜻하고 속 깊고 치를 대가가 하나도 없단 말이다.

당신 정말 힘냈고 한 번도 게으른 적 실로 없단 말이다.

당신 그토록 아팠고, 그토록 온 힘을 다해 남을 살리려고 스스로의 즐거움을 버리면서까지 어떻게든 애쓰고 어떻게든 살아냈단 말이다. 가끔 너무 힘들어서 조금만 즐기려고 했던 것조차 괜히 느낄 필요도 없는 죄책감까지 느껴가며 항상 남을 소중히 여기던 당신.

당신은 한 번도 죄지은 적 없고 한 번도 낭비한 적 없고 한 번도 남을 진심으로 미워하지 않았다는 거.

실로 알고 있다는 것.

누가. 내가.

그러니 당신 자체가 사랑이다.

사랑이란 무엇인가.

당신이다.

이 책은 아(나)이(너)에게 도움이 된다.

우리 지금 있으니까.

과연…